CHOUQUETTE

DU MÊME AUTEUR

LES VIES DENSES, Ramsay, 2001.
UNE FEMME NORMALE, Ramsay, 2002 ; Points n° 1490.
LE SOURIRE DE L'ANGE, Ramsay, 2004 ; Points n° 4161.
LE FILM DE JACKY CUKIER, Anne Carrière, 2006 ; Babel n° 1160.
LA MORT D'UN POTE, Panama, 2006.
24 JOURS : LA VÉRITÉ SUR LA MORT D'ILAN HALIMI (avec Ruth Halimi), Seuil, 2009 ; Points n° 3232.
CHOUQUETTE, Actes Sud, 2010.
LES COLLECTIONNEURS, éditions du Moteur, 2010.
UN JOUR QUI N'EXISTE PAS, Actes Sud Junior, 2012.
UN PETIT GARÇON TOUT LISSE, Actes Sud Junior, 2013.
DEUX ÉTRANGERS, Actes Sud, 2013 ; J'ai lu n° 10810.
UN HOMME DANGEREUX, Seuil, 2015 ; J'ai lu n° 11515.
JE VOUS SAUVERAI TOUS, Hachette romans, 2016.

© ACTES SUD, 2010
ISBN 978-2-330-08039-6

La seule force, la seule valeur, la seule dignité de tout, c'est d'être aimé.

CHARLES PÉGUY,
extrait de *Notre jeunesse*.

"J'adore mon petit-fils. Je te le dis parce que je te vois venir, ce n'est pas la peine d'essayer de me culpabiliser, tu n'y arriveras pas. Je n'ai rien à prouver à personne, OK ? J'ai soixante balais et je veux profiter. Oui, parfaitement, PROFITER. Il me reste quoi ? Combien de belles années ? Une dizaine à tout casser ? Et encore, si j'ai de la chance. Je ne me laisserai pas bouffer. Tu peux penser que je suis un monstre d'égoïsme, je m'en balance. Tout le monde est égoïste, Adèle, toi la première. M'as-tu consultée avant de faire cet enfant ? Non. C'est bien ce que je dis, tu es une ÉNORME égoïste. Tu ne t'es pas souciée un seul instant de ce que je pouvais ressentir, et, lorsque j'ai osé te demander si tu allais le garder, tu ne m'as plus adressé la parole jusqu'à ton accouchement. Eh bien, sache-le, j'ai pris vingt ans dans la gueule. Mais ce n'est pas grave, c'est la vie, seulement maintenant, ma petite chérie, il va falloir assumer. Oui, il va falloir prendre ses RTT, trouver des écoles, des nounous, des jolies colonies ! Tu ne supportes pas l'idée d'envoyer ton fils de cinq ans en colonie ? Mais que veux-tu que j'y fasse ? Que je le prenne avec moi, peut-être ? Comment ça, parfaitement ? Tu veux que je prenne Lucas avec moi à Saint-Tropez pendant que, toi et ton jules, vous vous la coulerez douce dans la brousse ? Adèle, tu es la personne la plus drôle que je connaisse. Demande-moi un petit safari, pendant que tu y es ? Ah pardon, c'est vrai, j'avais oublié, tu ne pars pas en Afrique en vacances, mais pour travailler, bien sûr. Tu pars en *mission humanitaire*. Avant de t'occuper du reste de la planète, tu ferais mieux de balayer devant ta porte ! Tu sais le nombre de fois où j'ai refusé d'accompagner ton père à des dîners pour ne pas te laisser seule ? Tu sais le nombre de nuits que j'ai passées à ton chevet, quand tu avais de la fièvre, quand tu vomissais, quand tu sanglotais parce qu'un cauchemar t'avait réveillée en pleine nuit ?! Lorsqu'on choisit d'avoir un enfant, on doit accepter de se sacrifier, moi je me suis sacrifiée pour toi, oui, *sacrifiée*, alors maintenant, la paix ! Ton fils ira comme prévu en colonie, je ne le prendrai pas à la maison. Non, je-ne-le-prendrai-pas. Je ne suis pas organisée pour. Et mes deux Philippines, elles servent à quoi ? Je t'emmerde, Adèle. Mon personnel, c'est mon personnel ! Mes deux Philippines, comme tu dis si bien, sont des employées de maison, pas des baby-sitters, et, que cela te plaise ou non, elles sont payées pour s'occuper de nous, pas de ton fils. Oui, de nous. C'est qui «nous» ? C'est ton père et moi, Adèle. Je t'interdis de dire que ton père ne viendra pas à Saint-Tropez cette année. Je te l'interdis, tu m'entends ?! Que sais-tu de ton père et moi ? Que sais-tu de notre couple ? Tu ne sais rien, alors ferme-la. Ton père viendra à Saint-Tropez comme tous les étés, il viendra me rejoindre pour le week-end, nous donnerons une grande fête comme nous en donnions jadis, nous irons déjeuner au Club 55, nous ferons du bateau, du shopping, des arrivées fracassantes aux Caves du Roy, et tous les envieux qui parient depuis des lustres sur notre divorce se sentiront tellement cons qu'ils viendront en rampant me demander pardon ! Non, je ne prendrai pas Lucas. Non, non et non ! Question de principe. Et je ne pense pas que cela fasse de moi une grand-mère indigne, vois-tu. Je m'occupe de mon petit-fils chaque semaine, je l'emmène au zoo, au cirque, au jardin, je me ridiculise sur des chevaux de bois pendant que, toi, tu t'offres le luxe de manifester contre la faim dans le monde, alors de grâce, garde tes reproches. Je ne suis ni ta nounou, ni ma mère. Oh, je sais bien que tu rêverais que je lui ressemble, à ma mère. Elle, elle était toujours disponible ! Elle, elle t'attendait comme le messie ! Elle n'avait que ça à foutre, alors évidemment… Elle était veuve, sans un sou, je lui avais pris une chambre aux Hespérides de peur qu'elle ne s'ouvre les veines tellement la solitude lui pesait, c'est ce que tu me souhaites ? Dieu merci, moi, j'ai encore mon mari. Pourquoi tu ris ? Dis-moi pourquoi tu ris ! Oh, et puis non, ne me le dis pas, de toute façon je m'en moque, tu peux penser ce que tu veux, *vous pouvez tous pensez ce que vous voulez*, je porte son nom, je suis sa femme… Non, je ne prendrai pas Lucas. Non, je ne jouerai pas les mémés alors que des minettes de vingt ans tournent autour de mon mari comme des vautours sur une charogne ! Tu rêverais de me voir les cheveux bleus, à quatre pattes en train de jouer aux Lego, je le sais très bien, je ne suis pas idiote, mais je ne tomberai pas dans ce piège, Adèle, je ne bousillerai pas mon couple pour te faire plaisir, car dis-toi bien que, s'il arrive encore à ton père de me sauter, c'est justement parce que je ne suis pas celle que tu souhaiterais. Tu es choquée ? Mais de quoi ? Tu pensais que je n'avais plus de vie sexuelle ? J'espère que c'est une blague. Il faut que tu te réveilles, Adèle, mamie Nova, c'est terminé ! Oui, je me fais sauter ! Oui, je prends mon pied ! J'ai soixante balais et je mouille encore le fond de ma petite culotte, si tu veux tout savoir !"

La silhouette de Jovie, aperçue dans l'angle du miroir, lui imposa le silence. Catherine comprit tout de suite que sa bonne l'observait depuis un moment déjà. Les mots qu'elle venait de prononcer à voix haute devant sa glace lui donnèrent le vertige. Elle les avait lâchés parce qu'elle se croyait seule, et que, après une longue conversation téléphonique durant laquelle Adèle lui avait reproché à peu près tout ce qu'elle avait fait depuis sa naissance en 1976, un besoin impérieux de se soulager l'avait submergée. Maintenant, elle tentait de réguler sa respiration et de chasser sa honte. L'impassibilité de sa domestique ne l'aidait guère. Bien qu'elle se fût tue, Jovie continuait de la fixer. Elle n'avait ni tourné les talons, ni baissé les yeux. Qu'attendait-elle ? Elle restait figée dans cette insupportable position de petit soldat, le menton toujours pointé vers le ciel et les dix doigts vers le sol, dix doigts glacés qu'on aurait dit, comme les bras et le tronc, appartenir à une gamine de huit ans. Elle possédait d'ailleurs l'insolence des enfants et Catherine la pratiquait depuis suffisamment longtemps pour savoir que, tant qu'elle n'aurait pas dit ce qu'elle avait à dire, elle ne disparaîtrait pas. Catherine se retourna, signe qu'elle l'écoutait enfin. Alors Jovie lui annonça d'une voix martiale que le taxi était arrivé, puis se retira.

"Oui, Violette, c'est à nouveau Catherine, vous pouvez me passer Jean-Pierre ?

— Il est toujours en rendez-vous, madame Grimbert, je suis navrée.

— Combien de fois vais-je devoir rappeler ? C'est la cinquième fois que je vous appelle depuis ce matin, Violette, et c'est la cinquième fois que vous me répondez que vous êtes navrée, alors je vous repose la question, combien de fois vais-je devoir rappeler ?

— Je suis désolée, madame Grimbert… je ne sais vraiment pas quoi vous dire, je suis désolée…

— Arrêtez d'être désolée, Violette, posez ce putain de combiné et allez dire à Jean-Pierre que je veux lui parler. Dites-lui que c'est urgent. J'attends.

— M. Grimbert est en réunion, il a demandé que personne ne le dérange…

— Je ne suis pas personne, Violette, je suis sa femme. Je suis son épouse.

— Oui, oui, mais… M. Grimbert m'a priée de ne lui passer aucun appel sous aucun prétexte. Je suis désolée…

— Vous allez prendre cette voix d'ascenseur pendant encore combien de temps ? Je me fous des ordres que vous avez reçus, moi je vous ordonne de dire à mon mari que je suis au bout du fil et que, tant qu'il ne me prendra pas, eh bien j'y resterai !"

Il y eut un court silence, remplacé aussitôt par un chant d'oisillons qui évoquait davantage l'univers de la phytothérapie que celui de la banque, mais qui possédait surtout la faculté de mettre vos nerfs à rude épreuve. Catherine demanda à Jovie, qui était assise à sa droite, de baisser sa vitre. A sa gauche, l'autre Philippine semblait dormir et elle n'osa la bousculer. C'était une grosse fille édentée qu'elle avait trouvée trois jours plus tôt à l'église d'Auteuil, un des endroits où elle ne manquait jamais de déposer une petite annonce lorsqu'elle cherchait une nouvelle bonne. Celle-ci n'était pas la perle qu'elle espérait encore dénicher un jour – elle présentait pire que mal, ne parlait même pas l'anglais et s'était montrée incapable de fournir la moindre référence –, mais Catherine était passée outre. Si Jean-Pierre décidait de la rejoindre, elle ne voulait pas manquer de personnel.

Le chauffeur sentit l'air qui s'était engouffré dans l'habitacle et coupa la climatisation en maugréant. De sa place, Catherine ne pouvait voir le visage de cet homme. Elle n'avait droit qu'au spectacle de son épaule gauche constellée d'une myriade de pellicules qui, si la veste n'avait pas été couleur safran, aurait peut-être pu lui faire penser à des étoiles. Elle réfréna son envie d'épousseter le tissu puis posa son regard sur le fanion du PSG qui pendouillait au rétroviseur. Il n'était ni tout à fait jaune, ni vraiment gris, juste très sale, et se balançait de droite à gauche avec la régularité d'un métronome. Pile en dessous, se balançait aussi la tête d'une grenouille ventousée au tableau de bord. C'était une petite grenouille en plastique, vert fluo, qui possédait un ressort à la place du cou et dont le visage servait de cadre photo. Le chauffeur y avait glissé le portrait d'une femme aux yeux rieurs. Sans doute la sienne, pensa Catherine lorsque Jean-Pierre, au bout du fil, lui demanda ce qu'elle voulait.

"Savoir si tu viens jeudi ou vendredi.

— S'il te plaît, arrête.

— Quoi ? Je ne peux plus te poser de questions ?

— Je ne suis pas seul, Catherine, je te rappellerai plus tard.

— Tu es avec qui ?

— Je te rappellerai plus tard, d'accord ?

— Je te préviens, si tu me raccroches au nez, j'arrive."

"Excusez-moi…" l'entendit-elle murmurer, et de l'imaginer quitter sa réunion sous les regards hébétés de ses collaborateurs, emprunter le long couloir haussmannien au pas de course comme si un tigre l'avait pris en chasse, puis s'enfermer dans un débarras quelconque pour pouvoir librement hausser le ton lui procura un sentiment jubilatoire.

"Tu vas m'emmerder encore longtemps ? hurla-t-il.

— Je ne t'emmerde pas, je veux juste savoir si tu descends jeudi ou vendredi. J'ai besoin de m'organiser.

— Tu es folle.

— Tais-toi.

— Tu es complètement folle, Catherine.

— Tais-toi, je te dis !"

Elle sentit le regard des deux Philippines se poser sur elle et, dans le rétroviseur, elle ne put échapper à celui du chauffeur. Tous ces yeux braqués sur elle la paralysèrent.

"Il faut que je te laisse, dit Jean-Pierre.

— Non… supplia-t-elle. Et, plutôt que de raccrocher, il se laissa envahir par le sentiment de pitié qu'elle lui inspirait.

— Tu es au courant de ce qui est en train de se passer ? dit-il enfin. Tu as ouvert un journal ? Tu as allumé la télévision ? Le monde est en train de s'écrouler, Catherine, j'ai perdu en une semaine la moitié de ce que j'ai mis vingt-cinq ans à construire, les bourses s'effondrent les unes derrière les autres, tous les jours des types se foutent en l'air et personne ne peut dire de quoi demain sera fait alors, s'il te plaît, laisse-moi retourner travailler.

— Dis-moi juste… Tu viens jeudi ou vendredi ?

— Je ne viendrai pas, Catherine, et tu le sais très bien.

— Mais si le CAC 40 remonte ?

— Je t'embrasse."

Elle demeura quelques secondes sans bouger, son cellulaire scellé à son oreille comme un coquillage dans lequel elle aurait pu entendre et réentendre la dernière phrase de son mari. Sous la grande horloge de la gare de Lyon, derrière les bus Suzanne parqués devant l'hôtel Mercure, le taxi arrêta son compteur. Les deux Philippines ouvrirent leurs portières de concert et déchargèrent aussitôt les bagages entassés dans le coffre. De la radio s'échappait une voix sans visage, une voix monocorde qui égrenait les titres du jour. Le monde s'écroulait, disait-elle, elle aussi. L'argent partait en fumée, des millions chaque jour, euros, dollars, yens, livres sterling, il y avait moins de travail, moins de confiance, presque plus d'espoir, l'effondrement du secteur automobile annonçait celui du capitalisme tout entier, partout le chômage explosait, des familles par centaines se retrouvaient sur le trottoir. *Sur le trottoir.* Catherine s'imagina un instant sans toit, sans lui, marchant telle une échappée de l'asile dans les rues de Paris, perdue au milieu de cette jungle dont elle s'était toute sa vie tenue à distance, et la même boule qui lui serrait la gorge quand chaque soir elle se glissait seule dans des draps froid l'empêcha de déglutir. Elle enfonça la touche bis de son téléphone. Il y eut trois sonneries, puis le oui de Jean-Pierre. Elle sursauta. Elle ne s'était pas préparée à tomber sur lui mais sur sa boîte vocale, et pourtant les mots lui vinrent sans qu'elle n'eût besoin de les chercher :

"Je savais très bien que tu ne viendrais pas me rejoindre, tu as raison. Je savais très bien que tu me laisserais seule. C'est pour ça que j'ai invité Diane.

— Diane ? répéta-t-il bêtement.

— Oui, Diane Van Keler."

Elle l'entendit blêmir.

"Pourquoi as-tu fait ça ? demanda-t-il avec toute la gentillesse dont il était encore capable à son égard. Pourquoi, Catherine ? Tu crois que cela m'aurait fait venir ? Tu le crois sincèrement ? Libre à toi d'inviter qui tu veux, mais je te le dis, le simple fait qu'elle ait accepté ton invitation prouve que ce n'est vraiment pas quelqu'un de bien.

— Ah oui ? Moi, je la trouve très sympathique !"

ÉMILIE FRÈCHE

CHOUQUETTE

roman

BABEL

Très sympathique, étaient-ce les mots les plus justes pour définir cette femme de tête, engagée dans tous les combats pour son sexe, divorcée deux fois mais jamais à court d'amants, chef d'une entreprise florissante et capable, à cinquante-cinq ans, de courir encore chaque matin deux tours de lac ? En voyant Diane Van Keler débouler au bout du quai, sanglée dans une saharienne Saint-Laurent et perchée sur de magnifiques Louboutin, tirant derrière elle sa petite valise Vuitton comme s'il s'agissait d'un caniche, Catherine la trouva tout simplement sublime. Elle ne l'était plus pourtant, mais l'assurance que la beauté lui avait donnée dans sa jeunesse continuait d'en imposer. Elle avait un port de reine, une silhouette longiligne et, dans le regard, la conviction de pouvoir mettre encore le monde à ses pieds. Catherine, immobile sur le marchepied, se sentit subitement très en dessous. Elle venait de courir telle une dératée de peur de manquer le train, elle suait à grosses gouttes et son brushing avait triplé de volume, elle ne ressemblait plus à rien.

"Tu es resplendissante !" s'exclama néanmoins Diane en ouvrant grands ses bras.

Catherine s'efforça de sourire et lui fit timidement la bise. L'autre enchaîna :

"J'ai cru que je n'arriverais jamais. Tout Paris est bouché, les gens n'ont soi-disant plus de pognon, mais cela ne les empêche pas de partir en vacances, n'est-ce pas ? C'est effroyable de les voir tous massés ici !

— Oui, c'est toujours comme ça les jours de grands départs.

— Enfin, on sera tellement bien une fois arrivées… Oh, ma chérie, ce que je suis contente d'être là ! répéta-t-elle en lui secouant gentiment le bras. Quand j'ai écouté ton message l'autre soir, je sortais de chez le notaire, on devait signer un hôtel particulier rue de Varennes, ça faisait un an et demi que je bossais dessus, le type en voulait un prix de dingue, mais j'avais tout de même réussi à lui trouver un client, un industriel argentin qui vit entre Paris et Genève, enfin bref, ils étaient tous dans les starting-blocks à l'attendre, au bout d'un quart d'heure j'ai senti que le propriétaire commençait à s'impatienter, moi, très franchement, je pensais que notre homme était coincé dans les embouteillages, mais au bout d'une demi-heure je me suis dit quand même ce n'est pas normal, alors je l'ai appelé, je suis tombée sur sa bonne femme, et devine ce qu'elle m'a dit ?

— Je ne sais pas.

— Elle m'a dit qu'il était mort ! Oui, mort, tu as bien entendu ! Avec ce qui s'était passé la veille à Wall Street, il avait fait un infarctus dans la nuit, le pauv' vieux ! J'te jure, j'avais le moral au fond du string… Ça fait deux mois que tout se casse la gueule, personne n'obtient ses crédits, c'est l'enfer, alors quand j'ai entendu ton petit message si adorable, eh bien tu sais quoi ? Je me suis dit : Qu'ils aillent tous se faire foutre, je n'ai qu'une vie, le monde peut s'écrouler, moi je pars chez mon amie Catherine à Saint-Tropez ! Nous sommes dans ce wagon ?

— Oui. Mes deux bonnes sont déjà installées, tu ne peux pas les louper, elles sont philippines. Je termine ma cigarette, j'arrive tout de suite."

Diane Van Keler empoigna sa valise et monta dans le train. Devant les toilettes, un homme aux allures de commercial tripotait son portable. La présence de ce corps féminin, tout en courbes, attira son œil comme un aimant, et Catherine se demanda si l'homme n'allait pas suivre Diane jusque dans le wagon. Il y avait quelque chose d'animal dans son expression, quelque chose d'incontrôlable, comme s'il était frappé par une odeur. C'était étrange de penser qu'une femme ménopausée depuis dix ans pouvait provoquer un tel trouble… Le commercial demeura fasciné un long moment, probablement jusqu'à ce que Diane eût disparu derrière le dossier de son siège, alors seulement il remarqua Catherine qui l'observait depuis le marchepied. Leurs regards se croisèrent une seconde, mais il n'en fut pas gêné. Elle oui. Elle toussota, comme pour remettre en elle quelque chose de déplacé, puis se détourna.

Sur le quai, les familles continuaient d'affluer par centaines, telle une horde de réfugiés. La plupart des enfants pleurnichaient et la plupart des parents se disputaient. Certains giflaient même leurs mômes ou les secouaient violemment, tous paraissaient sur le point de craquer. Surtout les mères. Les mères affichaient un teint gris, des yeux cernés et des tenues déjà toutes chiffonnées. Catherine pensa qu'elle avait un jour ressemblé à ces femmes. Cela lui parut fou. Il ne lui restait aucun souvenir de cette vie remplie de cris, de pleurs, de morve et de vomis, non, absolument aucun souvenir d'Adèle enfant. Pas d'images, pas de sons, pas de parfum, et quand par hasard elle tombait sur une vieille photo, la jeune femme qu'elle avait été et qui portait dans ses bras un bébé lui demeurait suffisamment étrangère pour qu'elle éprouve à son égard un sentiment mêlé de pitié et de dégoût. C'était exactement le sentiment qu'elle ressentait maintenant, mais peut-être multiplié par cent du fait de voir toutes ces mères avancer ensemble. Combien étaient-elles ? Cent, mille, peut-être même davantage sur toutes les lignes confondues… L'une d'elles, à quelques mètres, berçait nerveusement son nourrisson dans l'espoir de faire cesser ses pleurs. Un petit groupe s'était formé autour de ce couple étrange, et tandis que les passagers en retard le contournaient comme s'il s'était agi d'une île au milieu de l'océan, chacun s'inquiétait de savoir si l'enfant avait chaud, soif, ou bien sommeil. Catherine, elle, n'avait qu'une crainte : se retrouver coincée dans le même wagon que lui.

Elle aspira une dernière taffe, balança son mégot et remonta dans le train. Le commercial pianotait toujours sur le clavier de son portable mais, cette fois, il ne releva pas la tête. Catherine pénétra dans le wagon et, tout de suite, aperçut Diane qui s'était installée dans un des deux carrés, trois rangées devant ses deux bonnes. Cette distance la soulagea. La veille, elle avait entendu au journal télévisé que, en raison des risques d'attentat et des nouvelles lois sur l'immigration, les contrôles d'identité seraient renforcés. Or, Jovie n'avait toujours pas de papiers, et l'idée de se faire arrêter en compagnie d'une clandestine, d'être sommée de s'expliquer sur la nature de leurs relations, d'avouer entre deux sanglots faire travailler cette pauvre fille au noir et de se voir rappeler que la peine encourue pour un tel agissement pouvait aller jusqu'à 4 500 euros d'amende et trois ans d'emprisonnement la tétanisait. Malgré ses nombreuses relations haut placées, Catherine n'était jamais parvenue à ce que Jovie obtienne un permis de travail, mais, avec le recul, elle ne le regrettait pas car, par expérience, elle savait que, une fois dans la légalité, la Philippine lui aurait réclamé le 1er janvier, le 1er mai, les congés payés et peut-être même les trente-cinq heures, qui sait ? Catherine portait le même jugement sur les bonnes que sur les hommes, elle considérait que la difficulté n'était pas de les trouver, mais de lès garder et que, de ces êtres ingrats, il ne fallait pas attendre la moindre moralité : du jour au lendemain, ils pouvaient vous quitter.

Le départ fut sifflé et Catherine gagna sa place. Diane Van Keler, assise dans le sens de la marche, affichait une concentration absolue. Elle avait déjà sorti son iPod, son iPhone, son iMac, et, peut-être parce que ses mains survolaient frénétiquement tous ces claviers, Catherine n'osa tirer de sa besace le *Voici* qu'elle s'était acheté au *Relais H.* Pourtant, ç'aurait été le genre de magazine idéal pour commencer des vacances à Saint-Tropez… Elle observa Diane encore quelques secondes, la trouva atrocement inaccessible et, telle une petite fille, se glissa sans faire de bruit sur la banquette d'en face. A travers la vitre, elle se mit alors à regarder Paris qui s'en allait.

Mais Paris d'abord descendit, se retrouva comme par magie sous les rails qui les emportaient vers le sud, sous les artères aussi qui serpentaient entre les toits des barres HLM, et toutes ces voies mêlées fendaient le ciel sans logique, se transformaient, pour les gens vivant plus bas, en un plafond de tôle à la surface duquel ils devaient tous rêver de remonter. Seulement, il n'y avait guère que les voitures qui remontaient, les voitures et les poids lourds telles des milliards de petites fourmis le long des ponts et des bretelles reliant les différents étages de la capitale. La circulation ne s'arrêtait jamais, elle bloquait par endroits peut-être mais toujours repartait, comme l'air dans nos poumons, comme le sang dans nos veines, et, face à ce flux incessant, Catherine ne put s'empêcher de penser au pontage qu'avait subi Henri Latier – une de leurs vagues relations pour dire les choses rapidement. Du temps de sa gloire, Catherine croisait souvent ce flamboyant au Flandrin, chez Carette, à la Maison du Caviar et bien sûr à Saint-Tropez, exhibant à son bras sa dernière conquête comme d'autres leur Rolex. Henri Latier semblait avoir autant de maîtresses que de chemises et, en trente ans, elle ne l'avait jamais vu porter la même. Son épouse, disait-on dans Paris, les lui repassait elle-même. Maintenant, elle le soutenait pour ne pas qu'il trébuche, telle une bienveillante infirmière. Catherine les avait aperçus sur l'avenue Georges-Mandel, et elle ne les avait reconnus ni l'un ni l'autre. Lui était devenu un vieillard, elle, un soleil. Son mari s'était fait ponter, et c'était un peu comme si elle avait gagné au Loto. Le miracle de l'avoir désormais pour elle toute seule, de s'en occuper nuit et jour, de le nourrir, de le sortir et peut-être même de le malmener parfois (histoire de se venger de toutes ces années de cocufiage) avait fait d'Odile une autre femme. Catherine n'aurait pas souhaité que Jean-Pierre soit victime d'un AVC ou souffre d'un cancer de la prostate, bien sûr – elle l'aimait tellement ! –, mais elle ne pouvait nier que le nouveau visage d'Odile, qui s'imprimait maintenant sur les champs de blé défilant derrière la vitre, la rendait affreusement jalouse.

"Tu es au courant pour Fanny Loset ?" demanda Diane en refermant son iMac.

Catherine sursauta. Elle eut besoin de quelques secondes pour s'extirper de ses pensées et comprendre la suite de ce que sa camarade lui racontait :

— Elle a touché le gros lot, à ce qu'il paraît. Elle s'est dégoté une des plus grosses fortunes italiennes. Flavio Dessuti, ça te dit quelque chose ?

— Non…

— Mais si, un petit, chauve, tu l'as certainement croisé dans une fête l'an dernier. Cette fille est incroyable, je ne sais pas comment elle s'y prend, mais elle renaît toujours de ses cendres. Tu sais que, cet hiver, elle n'avait même pas de quoi bouffer, et maintenant la voilà qui se pavane sur un yacht trop grand pour rentrer dans le port ! Elle nous a invitées à venir passer une journée en mer, si ça t'amuse. Il faut juste que je trouve un moment pour aller voir ma mère.

— Ta mère est à Saint-Tropez ? demanda Catherine d'une voix blanche.

— Sainte-Maxime.

— Ah. Et ça va ?

— Comme on peut aller à quatre-vingt-onze ans. Mais parle-moi plutôt d'Adèle. Qu'est-ce qu'elle devient ?

— Elle part ce soir en Afrique avec Vincent. Après l'école en Colombie et l'orphelinat au Maroc, ils ont décidé de réhabiliter un hôpital au Zaïre ! Enfin, je veux dire au Congo. Ça change tout le temps dans ces pays-là, je ne sais jamais…

— T'ai-je déjà dit que j'avais rencontré Mobutu ? roucoula Diane.

— Je ne sais plus…

— Ce devait être en 1993, quand il est venu se faire soigner les dents dans sa villa du cap Martin, en face de Monaco. Quelle baraque !"

Et tandis que Diane se souvenait de la propriété du dictateur, de son entrée majestueuse, de sa pelouse mieux tondue qu'un green de golf et de sa vue tellement in-cro-ya-ble depuis la terrasse, Catherine sentit monter en elle la même colère qu'elle avait éprouvée le jour où Adèle lui avait annoncé le programme de son été. Au bout d'un moment, elle s'imagina sans doute qu'elle était seule et lâcha :

"Non, mais pourquoi l'Afrique ? Pourquoi justement l'Afrique en plein mois de juillet, il fait si beau partout !"

Diane éclata de rire :

"Pourquoi les miséreux, tu veux dire ! Pourquoi les handicapés, les alcoolos, les toxicos ? Depuis que je connais ta fille, elle a toujours adoré s'occuper des pauvres !

— Elle n'avait qu'à descendre de chez elle, dans ce cas, il y a des clochards partout !"

Quelques têtes se retournèrent, l'obligeant à baisser le ton :

"Ils ont emménagé dans le 10ᵉ, sur le canal Saint-Martin.

— Tu sais que ça vaut de l'argent, maintenant, souligna Diane comme si cet argument pouvait la réconforter.

— Et s'ils sont coincés là-bas ? Et si le gouvernement est renversé ? On ne sait jamais ce qu'il peut arriver dans ces pays-là… Oh, et puis merde ! Je ne vais pas me rendre malade…

— Ils partent avec leur fils ?

— Non.

— Qu'est-ce qu'ils en font ?

— Ils l'envoient en colonie.

— Ah oui ? Ça lui fait quel âge, maintenant ?

— Cinq ans.

— Mais il est tout petit !"

Etait-ce la remarque elle-même ou bien le ton sur lequel elle venait d'être formulée qui donna à Catherine le sentiment de se faire agresser ? Sans doute un peu des deux, et Diane s'en rendit compte car elle s'empressa d'ajouter, comme pour bien montrer à son amie qu'elle n'était évidemment responsable de rien :

"C'est marrant qu'Adèle ne te l'ait pas laissé."

Catherine ne répondit rien. Diane se replongea alors dans ses dossiers, et une bonne heure s'écoula sans que les deux femmes n'échangent la moindre parole. Puis, un peu après Marseille, Diane reçut un appel qui la fit blêmir.

"Tu as un souci ? demanda Catherine.

— Non. Nous sommes juste en train de vivre une catastrophe planétaire. Le genre de catastrophe qui n'arrive qu'une fois par siècle."

Diane tendit son bras, attrapa la bouteille d'Evian dont elle but la moitié au goulot, et dit :

"Lehman Brothers ne tiendra pas l'été. Ils vont être obligés de se mettre en faillite, il paraît qu'il y en aura d'autres, la crise va se propager comme une tache d'huile, j'ai des projets de réhabilitation dans tous les sens, sans le soutien des banques, je ne pourrai pas m'en sortir.

— Oh, je sais, je sais bien ! Jean-Pierre est dans un état… Il m'a accompagnée à la gare – il ne voulait pas que je prenne un taxi, quel amour ! et je te dis franchement, de le voir aussi inquiet m'a rendue malade. J'étais à deux doigts de t'appeler pour annuler, c'est vraiment parce qu'il a insisté…"

Diane se contenta de sourire. Elle ne savait pas très bien ce qu'elle devait répondre. Elle avait croisé Jean-Pierre dans un vernissage une semaine plus tôt, accompagné d'une fille assez quelconque, mais qui ne devait pas dépasser les vingt ans. Une de ses amies lui avait dit qu'il en était fou amoureux, qu'il parlait même de lui faire un enfant…

"Cela fait un bail que tu ne nous as pas vus ensemble, poursuivit Catherine, mais Jean-Pierre est devenu un ange avec moi. Oui, vraiment un ange. Il m'offre des fleurs sans arrêt, il m'emmène en week-end, il me laisse même des petits mots sur le frigidaire ! Je crois qu'en trente-cinq ans de mariage nous n'avons jamais été aussi proches, c'est dingue, non ?" Elle se pencha vers Diane, ses faux seins comprimés dans des push-up se posèrent délicatement sur la tablette, et, avec l'excitation d'une petite fille, elle ajouta : "A toi, je peux le dire, nous faisons l'amour tous les soirs, il nous arrive même de remettre ça deux fois de suite, je te jure, c'est pas des blagues, et, tu vois, l'idée d'être séparés quelques nuits me fait juste l'effet d'une torture !"

Le train avait disparu derrière les immeubles longeant la voie ferrée, et il n'y avait plus qu'eux au bout du quai. Adèle continuait pourtant de fixer l'horizon, le bras toujours tendu vers le ciel mais la main désormais inerte, tel un drapeau en berne. Elle n'avait pas l'air de saisir que leur fils était parti, ou bien alors elle refusait de l'admettre et cette attitude agaça Vincent. Que s'imaginait-elle ? Qu'elle était seule à vivre cette situation ? Seule à en être peinée ? Lui aussi avait ressenti un pincement au cœur en embrassant son petit garçon, seulement la perspective de s'envoler le soir même pour Kinshasa lui rendait cette séparation moins amère. Avait-elle oublié qu'ils partaient le soir même pour Kinshasa ? C'était tellement inespéré que leur projet voie enfin le jour ! Tellement miraculeux ! Après deux années kafkaïennes à démarcher les administrations, les professionnels et les donateurs, lui avait fini par ne plus y croire, et se dire qu'ils seraient demain au Sud-Kivu, que la réhabilitation de l'hôpital allait enfin démarrer et que les exilés du camp de transit d'Uvira pourraient un jour être soignés dignement lui donnait la sensation d'avoir l'âge de son fils. Il était aussi excité qu'un gamin de cinq ans. Par expérience, il savait pourtant que ce ne serait pas simple, qu'il y aurait encore mille obstacles, que, pendant plusieurs mois, des centaines d'enfants continueraient de mourir sans avoir reçu les soins les plus élémentaires, mais cette première victoire le réjouissait. Il regarda Adèle qui regardait toujours vers l'horizon, et il lui en voulut d'être si peu en phase avec lui. Elle était si sombre, tout à coup. Il eut peur qu'elle ne parvienne à l'écarter définitivement de sa bonne humeur, alors pour l'en empêcher il posa son bras sur son épaule et l'entraîna vers la sortie.

Ils quittèrent la gare de Lyon à pied. Le ciel était blanc et bas, l'air irrespirable. Ils décidèrent de marcher jusqu'à la Seine, mais le vacarme du boulevard Diderot les obligea à s'engouffrer dans une rue transversale. Accablés par la chaleur, ils poussèrent la porte d'un café et s'attablèrent dans le fond de la salle, à côté d'un ventilateur.

"Je regrette, lui dit-elle une fois qu'ils eurent commandé. Tu aurais dû partir seul, moi, je serais restée avec Lucas. Je ne sais pas ce qui m'a pris de l'envoyer en colonie.

— Il va s'amuser…

— C'est encore un bébé.

— S'ils l'ont accepté, Adèle, c'est qu'il n'était pas si bébé que ça."

L'agacement qu'elle perçut dans le timbre de sa voix la crispa. Elle avala son Perrier puis, sans jamais le quitter des yeux, ne cessa plus de faire tourner les glaçons. C'était lui qu'elle aurait voulu voir fondre.

"Ils l'ont accepté, dit-elle, parce que j'ai falsifié sa date de naissance. Je l'ai vieilli d'un an, ils ne prenaient les enfants qu'à partir de six ans."

Vincent venait d'attraper sa sacoche de laquelle il extirpait maintenant son agenda. Elle eut l'impression qu'il sifflotait.

"J'ai falsifié sa date de naissance, répéta-t-elle en haussant le ton. J'ai menti.

— Et…

— Et c'est tout ce que ça te fait ?

— Ce n'est pas très grave, il me semble.

— Avec toi, rien n'est grave ! explosa-t-elle. Rien ! Moi, j'en suis malade, j'ai juste l'impression de m'être débarrassée de mon fils, si tu veux savoir…"

Elle ne put terminer sa phrase, seulement résister à son envie de fondre en larmes. Ses yeux en étaient pleins, et ses lèvres, qu'elle pinçait pourtant de toutes ses forces, tremblotaient.

"Camille laisse ses trois enfants chez sa mère tout le mois de juillet, murmura-t-elle. Sandra et Julie aussi, Claire *idem*. Il n'y a que moi qui suis obligée d'envoyer mon fils en colonie, tu trouves ça normal ? Mes parents sont milliardaires, Vincent, ma mère a deux bonnes à temps plein à son service, et encore je ne compte ni le gardien, ni les extras, elle ne fait rien de ses journées, rien, à part inviter ses copines à déjeuner et se refaire faire la gueule tous les six mois, elle n'en branle pas une, et depuis que mon père l'a quittée, elle n'a même plus à s'occuper de lui, tu crois qu'elle m'aurait proposé d'emmener Lucas à Saint-Tropez ?

— Tu détestes cette maison, Adèle, tu ne le lui aurais jamais laissé.

— Je la déteste parce que je n'y ai jamais eu ma place. Et puis c'est pas le problème, elle aurait pu au moins me le proposer ! Le jour où je lui ai annoncé que Lucas partait en colonie, tu sais ce qu'elle m'a répondu ?

— Non…

— «Génial !»

— Elle a raison, c'est génial, Lucas va s'éclater.

— Vincent ! Ma mère se fiche pas mal que Lucas s'amuse ou qu'il apprenne à se détacher de nous, ce qu'elle trouve génial, c'est de n'avoir aucune responsabilité, aucun devoir, c'est de pouvoir se dorer le cul en paix avec Diane Van Keler ! Est-ce que tu peux croire qu'elle a invité Diane Van Keler ?

— Et alors ? Si ça lui fait plaisir, je ne vois pas bien ce que ça peut te faire.

— Tu ne vois pas bien ce que ça peut me faire ? Tu te fous de moi, ou quoi ? Tu veux que je te rappelle dans quel état elle était, pendant des années, à cause de cette sorcière ?

— C'est marrant, ce n'est jamais à cause de ton père…

— OK. Super. Ma mère a super bien fait d'inviter Diane Van Keler, d'ailleurs si elle veut même se la taper, tu sais quoi, je serais ravie !

— Tu es ridicule.

— Oh non, je ne suis pas ridicule, Vincent. Je suis même très loin d'être ridicule, mon fils sera au Lavandou, il sera à trente bornes de chez ma mère – trente bornes, tu vois ce que ça fait ? –, c'est la première fois qu'il part tout seul et nous serons à l'autre bout du monde, ma mère sait très bien que je suis morte d'angoisse, elle sait très bien que je n'en dors pas depuis des mois, mais elle ne m'a pas proposé une seconde de s'en occuper parce que, la vérité, c'est qu'elle préfère inviter Diane Van Keler !"

Il n'avait jamais vu autant de rage dans ses yeux. Il sentait qu'un mot, un geste, ou même un simple regard aurait suffi à déclencher chez elle une violence inouïe. Elle tenait cette chose affreuse de son père. Son père était malade des nerfs, comme son père avant lui et comme le père de son père. Adèle luttait beaucoup contre cet atavisme, mais parfois l'héritage s'avérait plus fort qu'elle et elle devenait le sosie de ce beau-père que Vincent, sans vraiment l'aimer ni le haïr, prenait juste pour un extraterrestre.

"Elle ne m'a même pas demandé si elle pourrait le prendre une journée, reprit Adèle d'une voix plus calme, et moi, je dois juste me la fermer. Je ne dois ni la juger, ni lui en vouloir, *C'est sa vie, pas la vôtre*, m'a dit mon psy. Il va être content : ce matin au téléphone, je lui ai balancé que, de toute façon, elle n'avait jamais su être une mère.

Elle se mit de nouveau à pleurer, en silence, les yeux perdus dans le vague. D'ordinaire, Vincent aurait vu dans ce regard la petite fille qu'elle avait été et cela l'aurait attendri, mais peut-être parce que d'autres souffrances occupaient son esprit, celle de sa femme lui parut ridicule.

"Tu m'emmerdes, lâcha-t-il. On bosse sur ce projet d'hôpital depuis deux ans, on avait une chance sur dix de le voir un jour exister et ce jour est arrivé, on part ce soir, Adèle, ce soir, on sera à Kinshasa, je ne comprends pas que tu me parles de ta mère. Je ne comprends même pas que tu puisses penser à elle, bordel...

— Pourquoi tu t'énerves ?

— Parce que ça me rend dingue de te voir dans cet état ! Je voudrais que tu t'en foutes, je voudrais que tu sois légère, que tu rigoles, je voudrais que ça t'amuse quand elle danse sur les tables.

— Tu trouves ça drôle ?

— Oui, je trouve ça drôle. Bien plus drôle que tout ce que tu vas voir cette semaine en RDC, en tout cas. Que croyais-tu ? Que ta mère nous faciliterait la tâche, peut-être ? Qu'elle ferait du tricot en veillant sur le sommeil de notre fils alors que, la seule chose qu'elle espère, c'est récupérer ton père ?

— Mais mon père, ça fait trois ans qu'il est plus là... Trois ans qu'il s'affiche avec la planète entière, c'est limite s'il ne fait pas la sortie des lycées, elle sait très bien qu'il ne reviendra jamais !

— Non, elle ne le sait pas. Elle ne sait même pas qu'il est parti, Adèle. Elle n'a pas accepté qu'il la quitte, elle n'a pas intégré cet événement, un peu comme certaines personnes refusent la maladie ou bien la mort. En psychanalyse, ça s'appelle un déni. Dans sa tête, ta mère est toujours avec ton père.

— Elle est complètement folle.

— Et si tu te disais plutôt qu'elle souffre ?"

Adèle ne répondit pas tout de suite, mais son regard parla pour elle. Ses yeux noirs le fusillaient, et il craignit qu'elle ne se lève et ne quitte le café. Mais elle lui dit très calmement :

"Moi aussi, je souffre, Vincent. Je suis désolée que mon père soit parti, j'imagine à quel point ce doit être douloureux pour elle de penser qu'il est heureux avec des filles de mon âge, tout comme ce doit être pénible de me voir heureuse avec toi qui a l'âge de mon père...

— Ce n'est pas pénible, l'interrompit-il, c'est insupportable. C'est la preuve que la terre entière s'est liguée contre son couple, sa fille la première. Adèle, ta mère a toujours pensé que tu avais choisi un homme de vingt ans de plus que toi pour encourager ton père à la quitter."

Cette phrase sembla se prolonger un instant dans le silence qui les enveloppait, et Vincent s'en voulut de l'avoir prononcée. Pourquoi se fatiguait-il à essayer de lui faire comprendre ? L'écoutait-elle seulement ? Depuis sept ans qu'ils étaient ensemble, elle n'avait pas avancé d'un centimètre, et il se disait souvent que si, à trente-trois ans, elle tolérait encore que l'histoire de ses parents lui pourrisse l'existence, c'est que cette souffrance lui permettait de rester la petite fille qu'elle n'avait surtout pas envie de cesser d'être.

"J'aurais juste voulu que Lucas ait une grand-mère, lui dit-elle en se remettant à pleurnicher. Une vraie grand-mère, c'est tout."

Catherine accepta le préservatif à la fraise que l'hôtesse lui tendit et, derrière Diane, s'engouffra dans l'énorme pénis en plastique qu'un artiste new-yorkais avait spécialement créé pour la soirée. Aucune lumière n'éclairait l'intérieur. Le plasticien avait sans doute voulu qu'il y fasse aussi sombre que dans un sexe d'homme, mais les deux femmes redoutèrent de se tordre la cheville et se prirent par le bras, tels deux spermatozoïdes en déroute. Guidées par les décibels assourdissants d'une musique électro, elles avancèrent prudemment, croisèrent en chemin trois idiots qui tentèrent de les effrayer et débouchèrent, une cinquantaine de mètres plus loin, sur la plage. Durex avait privatisé la Voile Rouge pour le lancement de sa nouvelle capote. Il était encore tôt, mais l'endroit était déjà noir de monde. Les gens se bousculaient autour du bar et devant les toilettes, d'autres avaient pris d'assaut la piste de danse tandis que, sur des podiums, des filles moulées dans des combinaisons en latex se déhanchaient frénétiquement. Il n'y avait pas de tables, simplement de grands lits à baldaquin sur lesquels les invités se faisaient apporter des plateaux de sushis par des serveurs déguisés en lapins.

"Heureusement que c'est la crise ! cria Diane. On a intérêt à s'amuser, parce que, des fêtes comme celles-là, on n'est pas près d'en revoir de sitôt !"

Catherine fit mine de l'avoir entendue et s'alluma une cigarette. Elle aurait volontiers passé la soirée au fond de son lit – le voyage l'avait lessivée et, les mauvaises langues allant bon train, elle n'aimait pas se montrer sans Jean-Pierre – mais Diane lui avait paru si excitée à l'idée de dîner avec ses amis milanais qu'elle n'avait pas voulu jouer les rabat-joie. Elles décidèrent d'ailleurs de les retrouver et se frayèrent un chemin parmi la foule. Le nombre de jolies filles au mètre carré était tout simplement insensé. A la fin de l'été, Catherine ne les remarquerait même plus, mais, comme chaque fois en début de saison, elle se demanda où ces créatures avaient bien pu passer l'hiver. Nulle part ailleurs elle n'en croisait autant. Ces filles semblaient appartenir à une espèce qui, répartie durant l'année sur toute la surface du globe, se donnait immanquablement rendez-vous le 1er juillet à Saint-Tropez. Elles venaient dénicher dans ce petit port ce que les oiseaux migrateurs allaient chercher en Afrique, des gros poissons qui leur permettraient plus tard d'affronter les grands froids. Et les gros poissons ne manquaient pas. Sur sa droite, Catherine aperçut le plus gros d'entre eux, Mikaël Fedievski, un jeune Russe dont personne n'aurait su dire ce qu'il faisait précisément, mais que le magazine *Forbes* avait classé au douzième rang des plus grandes fortunes de la planète. Catherine pensa tout de suite à Jean-Pierre. Elle n'avait jamais été présentée au milliardaire, mais, pour les affaires de son époux, elle décida qu'il fallait absolument l'inviter à dîner. Elle chercha son regard, lui sourit, sentit une vague hésitation sur ses lèvres, comme s'il se demandait d'où il pouvait bien la connaître quand, sortie de nulle part, une asperge qui portait une jupe de la taille d'un bandeau pour les cheveux lui sauta dessus. Une deuxième, puis une troisième liane apparurent, et les trois filles, telles de gentilles petites poules, se mirent à glousser autour du bonhomme dans sa langue maternelle. Catherine, à quelques mètres, resta seule avec son sourire. Elle eut la désagréable sensation que les gens autour d'elle avaient vu la scène et qu'ils la dévisageaient d'un air moqueur. Personne ne la calculait pourtant, mais elle se sentait si petite et si laide – *si invisible* – comparée à ces trois corps tellement parfaits qu'elle aurait voulu disparaître dans les entrailles de la terre. Je l'inviterai plus tard, ne t'inquiète pas… s'entendit-elle murmurer à l'adresse de Jean-Pierre, et en moins d'une seconde elle se retrouva au comptoir du bar opposé.

"Une vodka, s'il vous plaît. Une deuxième, je vous remercie."

Ces deux *shots* lui brûlèrent l'œsophage, mais elle se sentit tout de suite beaucoup mieux. Elle s'adossa au bar et laissa la chaleur de l'alcool se diffuser tranquillement dans ses veines. Diane avait disparu. Elle tenta de l'apercevoir parmi les centaines de têtes qui l'entouraient, tout en tripotant les paillettes de la petite pochette qu'elle portait en bandoulière. Elle tenait à cette pochette comme à la prunelle de ses yeux. C'était le dernier cadeau que Jean-Pierre lui avait offert. Elle en sortit son portable dont l'écran s'illumina aussitôt, et vérifia discrètement qu'il ne l'avait pas appelée. Son œil était si rompu à cet exercice qu'il savait reconnaître, même dans la pénombre et sans lunettes, l'indication "(1) appel en absence". Comme neuf fois sur dix, elle ne vit rien. Rien d'autre que la date, l'heure et l'état du réseau. Dans un sens, elle fut déçue, bien sûr, car elle espérait toujours trouver le nom de Jean-Pierre parmi les "appels manqués", mais, d'un autre côté, quel soulagement de se dire qu'elle ne l'avait pas loupé ! L'idée de pouvoir louper son mari la rendait malade, si bien qu'elle avait pris l'habitude de contrôler son écran en moyenne une fois toutes les demi-heures. Ce geste-là lui était devenu aussi naturel que de s'allumer une cigarette, et il lui aurait fallu une sacrée cure de désintoxication pour s'en débarrasser. Elle attrapa une coupe de champagne sur un plateau qui passait. La température était douce, les gens beaux, l'endroit chargé de souvenirs heureux, et, subitement, sa solitude lui torpilla l'estomac du plexus jusqu'aux ovaires. Elle le détesta de ne pas être là. Pourquoi n'était-il pas là ?! La douleur se changea en colère, et elle composa son numéro. Une fois, deux fois, trois fois, dix fois. Maintenant, elle ne pouvait plus se contenir. Il ne s'était pourtant rien passé de particulier, rien qui pût justifier un tel changement d'humeur, elle avait même, pour une fois, respecté les heures auxquelles son médecin lui avait recommandé de prendre ses anxiolitiques. Elle termina d'un trait le reste de sa coupe, rédigea un texto pour lui demander où il était et ce qu'il faisait, écrivit qu'elle voulait lui parler, qu'il devait absolument la rappeler, même très tard dans la nuit, que ça n'avait pas d'importance, que, de toute façon, elle ne se coucherait pas avant d'avoir entendu le son de sa voix. Son texte comportait tant de signes qu'elle dut envoyer deux SMS. Après quoi, elle quitta le bar.

L'alcool commença à faire son effet. Le décor devint un peu plus flou, les gens autour une agression supportable, et elle se laissa porter par les mouvements de la foule un bon moment avant de s'échouer sur un canapé à l'entrée des toilettes. C'était une place stratégique. On y croisait forcément quelqu'un et, pour l'heure, Catherine n'avait

encore croisé personne. Elle s'était pourtant préparée à revoir tout le monde, les amis, les ennemis,
les jaloux, les pique-assiettes, ceux qui lui tournaient le dos et ceux auxquels elle ne dirait plus
jamais bonjour, mais, parmi les trois cents invités
de la célèbre marque de préservatifs, aucun visage ne lui était familier. La moyenne d'âge ne
dépassait pas les vingt-cinq ans. Pour établir sa
liste de convives, Durex s'était sans doute appuyé
sur une de ces études affirmant que seuls les plus
jeunes ont une activité sexuelle *significative*, mais
cette hypothèse ne lui effleura même pas l'esprit.
Elle se demanda plutôt si l'absence des "cinquante
ans et plus" n'était pas le premier signe de la crise.
Toutes leurs relations travaillaient dans la finance
ou bien vivaient de leurs rentes, et Dieu seul savait
combien de leurs millions étaient partis en fumée…
Peut-être que Jean-Pierre ne lui avait pas menti ?
Peut-être que le monde était réellement en train
de s'écrouler ? Diane l'affirmait aussi, et, en achetant
son *Voici* au Relais H, Catherine avait aperçu les
titres des quotidiens. Tous parlaient de crise, de
krach, de chute historique. Elle ne faisait pas tellement plus confiance aux médias qu'à son époux,
mais le souvenir funeste du "lundi noir" d'octobre
1987 restait gravé dans sa mémoire, et elle n'était
pas d'humeur à vivre une nouvelle récession. A vrai
dire, elle avait juste envie d'être vendredi, que Jean-
Pierre arrive et que les vacances puissent enfin
commencer. Le reste n'avait aucune espèce d'importance.

Une bande de petits puceaux surexcités attira
son attention. Ils avaient eu la bonne idée de trans-
former leurs préservatifs en bombes à eau et se
couraient après en poussant des cris d'Indiens.
Catherine manqua deux fois de se faire tremper, puis
décida qu'il était temps de retrouver Diane. Celle-ci

l'aperçut la première. Debout sur un lit à baldaquin comme sur le ponton d'un bateau, elle agitait ses bras et semblait crier son nom. Catherine s'approcha. Les deux couples avec lesquels son amie s'était installée ne lui disaient rien, mais, à leurs tenues, elle sut tout de suite qu'il s'agissait des Milanais.

"Où étais-tu passée ? On te cherche depuis deux heures !" lui reprocha Diane quand elle eut enfin atteint le lit.

Un des hommes lui offrit sa main et l'aida à grimper. Il se présenta sous le prénom de Massimo. Il devait avoir une cinquantaine d'années, portait une chemise blanche qui accentuait son bronzage, un pantalon de toile couleur brique ainsi que des mocassins en cuir naturel assortis à sa ceinture. Il n'était pas particulièrement beau, mais possédait ce charme irrésistible dont seuls les Italiens ont le secret. Et pour ne rien gâcher, il venait de racheter un magazine de mode qui, selon les dires de Diane, *explosait*. Catherine lui fit la bise puis s'agenouilla aussitôt et, s'aidant de ses mains, glissa vers le reste du groupe. L'autre Italien – Giovanni ou bien Gianni, elle n'avait pas bien saisi – y occupait la place centrale. Vautré dans les coussins fuchsia, il s'efforçait de garder son sérieux tandis que son petit harem, constitué de sa femme et de celle de Massimo, s'amusait à l'éventer. Cette façon si caricaturale de jouer les nababs séduisit Catherine. Elle le trouva d'emblée très sympathique. Il fit d'ailleurs un effort surhumain pour se redresser et l'accueillir. Elle le pria de ne pas se déranger, mais il attrapa sa main et la porta jusqu'à ses lèvres, puis rebascula en arrière avec un tel soulagement que tous éclatèrent de rire.

"Giovanni était en train de nous faire un petit topo sur le préservatif, expliqua Diane. Très instructif ! Il est né, tiens-toi bien, trois mille ans avant Jésus-Christ.

— *E vero*! approuva Giovanni. Les soldats égyptiens mettaient *il preservativo* pour se protéger des maladies vénériennes. *Loro erano in budella di pecora e vescica di maiali !*"

Les deux Italiennes grimacèrent de dégoût et l'une d'elles, probablement son épouse, lui assena une tape sur l'épaule.

"*Budella di pecora, como se dice in francese ?!* insista Giovanni en se tournant vers Diane.

— Vessies de porc, pouffa celle-ci. Boyaux de moutons et vessies de porc…

— *Esatamente !* s'enthousiasma Giovanni. Dans l'Antiquité, ils faisaient *il preservativo* avec les boyaux *di* moutons !

— *Basta !*" cria son épouse en le poussant gentiment, et, sous le regard amusé des autres, ils s'envoyèrent des coussins à la figure.

Un serveur apporta une seconde bouteille de champagne. Massimo lui glissa un billet, puis s'empara du magnum dont il fit aussitôt sauter le bouchon. Un filet mousseux s'échappa du goulot et mouilla sa chemise blanche. Isabella qui, venait de comprendre Catherine, était sa compagne depuis dix ans, le lui fit remarquer. C'était une femme de quarante-cinq ans environ, de taille moyenne, et dont les muscles des bras et des mollets témoignaient d'une activité physique intense et régulière. Elle s'était fait refaire les lèvres, peut-être aussi les paupières. Son chirurgien devait être le même que celui de l'épouse de Giovanni car leurs regards étaient en tout point semblables. Isabella souriait beaucoup, elle possédait une jolie dentition. C'était le genre de femme qui sait donner le change, mais la tension nerveuse qu'elle dégageait n'échappa guère à Catherine. Elle s'était tant de fois retrouvée dans sa situation, condamnée à regarder Jean-Pierre faire le coq… Rien qu'en l'observant, Catherine avait compris que Massimo appartenait à la même espèce que son mari : il suffisait de la présence d'une femelle pour qu'il se mette à bomber le torse. Depuis qu'elle s'était assise, l'Italien n'avait eu de cesse de tourner autour de Diane, de la déshabiller du regard, de la frôler, et même de la provoquer. Et Diane, loin d'en être gênée, semblait au contraire prendre un plaisir inouï à ce petit manège. Elle croisait et décroisait les jambes avec langueur, remontait ses cheveux en un chignon qui ne tenait que le temps de dévoiler sa nuque, feignait de recevoir d'étranges messages en examinant longuement son BlackBerry et, pour finir, plantait ses yeux dans les siens comme s'ils avaient été seuls seuls sur la plage et qu'il venait d'entrer en elle. A cinquante-cinq ans, Diane Van Keler dégageait une sensualité incroyable, mais Isabella aussi, et Isabella était bien plus jeune que Diane, plus mince, plus ferme, plus sexy, sans compter que ce n'était pas une cruche. Elle aurait très bien pu imposer à Diane une véritable humiliation, seulement la peur de voir son homme lui échapper lui avait fait perdre tous ses moyens. Isabella enchaînait cigarette sur cigarette, parlait exagérément fort et ne savait même plus comment s'asseoir. Son impuissance serra le cœur de Catherine, car que pouvait-on contre le désir en marche ? Contre deux corps s'attirant aussi inévitablement que des aimants ? Les esclandres, les crises de nerfs et les menaces ne servaient à rien, elle était bien placée pour le savoir... Elle continua d'observer le mécanisme de ce triangle qu'elle connaissait pourtant par cœur, et le vague mépris qu'elle avait d'abord éprouvé à l'encontre de Diane devint du dégoût puis de la détestation. C'était comme s'il n'existait plus sur la terre que deux sortes de femmes, les légitimes et les maîtresses, et que toutes les maîtresses de la terre s'étaient appelées Diane.

Vers une heure du matin, les Milanais leur proposèrent de poursuivre la soirée aux Caves du Roy. Un des meilleurs disc-jockeys du moment devait venir mixer, et ils avaient réservé une table dans le carré VIP. Catherine refusa poliment. Elle avait beaucoup trop bu, très peu mangé, une vilaine migraine écrasait ses tempes et elle ne savait même pas comment elle allait faire pour rejoindre le parking. Diane sembla déçue. Elle hésita une seconde à laisser son hôtesse rentrer toute seule, mais, avant qu'elle ne se décide, Isabella lui colla deux bises sur les joues en lui souhaitant une bonne nuit. Un coup de maître. Exactement le genre de coup que Catherine aimait assener aux petites putains qui tournaient autour de son mari. D'ailleurs, Diane en fut K.-O. Pendant de longues minutes elle garda le silence, incapable de se détourner de la silhouette de Massimo qui s'éloignait au bras de sa compagne, de leurs deux corps qui dans la foule formaient comme un cœur. On aurait dit que Diane Van Keler contemplait un naufrage.

Elles quittèrent la plage dix minutes plus tard. Sur le parking, le gardien qui servait occasionnellement de chauffeur les attendait. Elles avaient toutes deux retiré leurs talons, et Wojciech mit quelques secondes avant de les reconnaître. Diane et Catherine n'avaient plus grand-chose à voir avec les gravures de mode qu'il avait déposées quatre heures plus tôt. Elles ressemblaient maintenant à deux roses fanées, et ce n'était pas simplement parce qu'elles étaient fatiguées. Ou bien alors l'étaient-elles depuis trop longtemps. Oui, cela faisait peut-être trop longtemps que Diane n'avait pas posé sa tête sur l'épaule d'un homme, et que Catherine ne s'était pas abandonnée dans les bras de Jean-Pierre.

Catherine ne comprenait pas pourquoi Jean-Pierre ne voulait plus lui répondre. Pourquoi il fallait qu'elle tombe constamment sur sa messagerie ou bien sur sa secrétaire, pourquoi elle devait le harceler, le menacer, s'humilier... Wojciech lui ouvrit la portière et, avant de se glisser à l'intérieur de la berline, elle eut le réflexe de regarder son portable. Son cœur manqua lâcher. L'écran indiquait dix-sept appels en absence. Dix-sept appels qu'elle attribua bien sûr à Jean-Pierre, mais qui, elle allait vite s'en rendre compte, témoignaient du nombre de fois qu'Adèle avait essayé de la joindre en une demi-heure.

"Adèle, calme-toi. Arrête de pleurer. Arrête de pleurer, je ne comprends rien à ce que tu me racontes. Où es-tu ? Dans un trou perdu, d'accord, et Vincent est à côté de toi ? Adèle ? Est-ce que Vincent est à côté de toi ? Tu ne sais pas où il est passé. Bon. Ce n'est pas grave, moi je suis là, je suis au bout du fil, Adèle, allez, raconte-moi. Ah non, hein, ne te remets pas à pleurer ! Adèle, si tu pleures, je ne comprendrai rien, alors prends un peu sur toi, merde ! Adèle ? Adèle, tu m'entends ? Moi, je ne t'entends plus, où es-tu ? Dans le Sud-Ki quoi ? Ta voix est hachurée, c'est insupportable ! Pourquoi Vincent n'est pas avec toi ? Il lui est arrivé quelque chose ? Non ? Il est allé voir le camp, d'accord… Quel camp ? Le camp des réfugiés, bien sûr, et toi ? Toi, tu es à l'hôpital… A L'HÔPITAL ??? Mon Dieu, Adèle, mais qu'est-ce que tu fous à l'hôpital, tu as eu un accident ? Non, tu travailles… tu travailles sur le chantier, ah, formidable, et tu étais justement en train de travailler quand la directrice… la directrice, oui… allô, Adèle ? Allô, allô ? Je ne t'entends plus, Adèle ? Oui, tu me parlais d'une directrice, quelle directrice ? La directrice de la colonie, d'accord… elle t'a téléphoné, et… Adèle ?… Adèle, tu peux me répondre, s'il te plaît… Mais arrête de pleurer, bon sang ! La quoi ? La varicelle ? Je ne te suis plus, la directrice a la varicelle ? Non, Lucas…

LUCAS A LA VARICELLE ? Merde !!! Mais c'est... c'est une varicelle, varicelle, ou bien... une vraie varicelle, avec des boutons et de la fièvre. Combien de fièvre ? QUARANTE ET UN ?!!! C'est pas grave, calme-toi, ça ne peut pas monter plus haut, de toute façon. Ah... On t'a dit qu'il risquait de faire des convulsions... Non, je n'ai pas raccroché. Je suis toujours là, je t'écoute. Oui... ils t'ont dit aussi qu'il était extrêmement contagieux, oui... oui... Combien dis-tu ? Cent vingt-huit ? Ils ont cent vingt-huit gamins... un risque d'épidémie important.... Oui, oui, je les comprends, oui... mais alors ? Alors, ils ne peuvent pas le garder. Pardon ? Ils ne peuvent plus garder Lucas ? Comment ça ils ne peuvent plus le garder, ça veut dire quoi *ils ne peuvent plus le garder* ?! Ils te l'ont dit ? Ils te l'ont clairement formulé ? Tu en es sûre. Peut-être que tu as mal compris, non ? Pourquoi dis-tu que je suis incroyable ? Je ne suis pas incroyable, Adèle, je te pose simplement une question – je n'ai pas le droit de te poser UNE question ? Mais si je te crois, ce n'est pas le problème... Enfin Adèle, ne commence pas, je ne t'ai jamais traitée de menteuse, seulement permets-moi d'être un peu surprise, quand même, permets-moi de trouver curieux que cette directrice ne veuille plus garder un enfant dont elle a la responsabilité, simplement parce qu'il a trois boutons sur le bout du nez ! Défiguré, tout de suite, les grands mots ! Tu as eu la varicelle, Adèle, et tu n'en es pas morte, tous les enfants du monde ont la varicelle, alors calme-toi, s'il te plaît... Tu as parlé à la directrice, on est bien d'accord ? A la directrice personnellement, pas à son assistante ? A la directrice. Et la directrice t'a dit *Je ne veux plus garder Lucas au Lavandou.* Oui ? Elle t'a formulé les choses comme ça ? *Parce qu'il va contaminer tous les autres enfants...* Ces gens-là sont insensés !

Mais que compte-t-elle faire ? Le foutre dehors, peut-être ? Une quoi ? Une égoïste de merde… Je suis une sale égoïste de merde ? Ça va pas ou quoi, de me parler comme ça ?! Pourquoi tu t'énerves contre moi, maintenant ? Pourquoi tu cries, qu'est-ce que j'ai à voir dans cette histoire ? Adèle, arrête de hurler, je vais raccrocher, arrête de hurler, je ne suis pas ton chien, d'accord ? Je veux bien les appeler pour savoir comment va ton fils, mais je ne suis pas ton chien !!! Oui, je vais les appeler, maintenant, d'accord, tout de suite, dès que j'aurais raccroché avec toi, je les appellerai, je suis où ? Je suis à la plage, oui, à la plage à une heure du matin, je sors de la soirée Durex, pourquoi ? Allô, Adèle ?… Allô, allô ?… Adèle, tu as raccroché ?… Adèle, tu m'entends, c'est maman ?"

La place à ses côtés était vide. Comme d'habitude. Et comme d'habitude, il lui fallut cinq secondes pour intégrer l'absence de Jean-Pierre, pour se raconter une petite histoire qui la rende tolérable – *il est parti à Londres, il fait sa gym, il petit-déjeune avec un client* – et ne pas perdre pied. Mais ce matin, le retour à la réalité lui réclama davantage d'efforts, car il lui fallut aussi se souvenir que Lucas avait dormi avec elle, et surtout qu'il avait disparu. Lorsqu'elle en prit conscience, elle se leva d'un bond et fonça jusqu'à la piscine.

L'enfant n'était pas dans le fond, mais Catherine demeura un long moment à contempler l'eau turquoise. Son cœur tambourinait dans sa poitrine et à ses tempes. La terreur de découvrir le petit corps gisant au fond de l'eau n'avait pas totalement disparu, à laquelle s'ajoutait maintenant la colère d'avoir été mise au pied du mur. De cela, Catherine était vraiment furieuse. Même si l'état de santé dans lequel elle avait trouvé Lucas la veille au soir lui prouvait bien que la directrice n'avait pas exagéré – le pauvre gamin était tout simplement méconnaissable ; un monstre ! – elle ne pouvait s'empêcher de penser que sa fille avait tout manigancé. Elle n'était pas stupide, elle avait bien compris que, depuis le début, Adèle aurait aimé lui refourguer son fils tout le mois de juillet, et elle la savait parfaitement capable de l'avoir déposé au train sachant parfaitement qu'il était malade mais en se disant, ce n'est pas grave, de toute façon, s'il y a un souci, ma mère est à trente bornes, elle s'en occupera. Et c'était ce "ce n'est pas grave" qu'elle trouvait insupportable, car il signifiait que, pour Adèle, elle n'avait tout simplement pas de vie. Et si Jean-Pierre avait décidé de l'emmener, à la dernière minute, en croisière dans les Eoliennes ? Et s'il lui avait fait la surprise d'un week-end à Venise pour fêter leur trente-septième année de vie commune ? Elle voyait déjà sa fille lever les yeux au ciel, ou bien se fendre de son sourire si cruel, et sa colère redoubla. Pourquoi devait-elle être toujours disponible ? Toujours au garde-à-vous ? Quand la nounou faisait faux bond ou que la maîtresse se faisait porter pâle, c'était elle que l'on sonnait, elle encore lorsqu'il fallait traverser Paris pour le conduire chez un orthophoniste ou un putain d'allergologue – elle, elle, elle, toujours elle !!! Et cette hystérie avec laquelle Adèle lui avait appris la nouvelle… Elle entendait encore ses sanglots, ses suffocations, sa petite voix brisée pour finalement lui annoncer quoi ? Que son fils avait la varicelle ? Très jeune, Adèle avait compris comment faire céder sa mère et, trente-cinq ans plus tard, rien n'avait changé. Elle utilisait toujours le même procédé, elle se victimisait pour, sans scrupule, la tyranniser !

Maintenant, Catherine longeait le bassin en direction du pool house, et se maudissait. Elle avait tellement la sensation de s'être fait couillonner ! Pourquoi n'arrivait-elle pas à lui dire non ? Pourquoi "non" était-il un mot qu'elle n'avait jamais su dire à personne ? "Non", ce n'était quand même pas si compliqué, bordel… *Non, je ne prendrai pas Lucas, Adèle. Je ne le prendrai pas parce que ton père est censé arriver vendredi, qu'il est exténué et qu'il a besoin de se reposer. Non, je ne garderai pas Lucas*

le temps que tu rentres du Congo, je dois ouvrir
la maison avant l'arrivée de ton père, je dois tout
organiser, tout ouvrir, tout commander, je ne
pourrais pas m'occuper de Lucas.

Comment allait-elle s'occuper de la maison,
maintenant ? Avec un gamin dans les pattes, elle
n'arriverait jamais à tout terminer d'ici vendredi :
réparer les volets roulants de leur chambre à coucher, mettre en route la piscine, commander les
fleurs, aller chez le poissonnier choisir un loup
pour Jean-Pierre… Elle n'osait même pas imaginer
la tête que ferait Jean-Pierre en découvrant Lucas.
Il adorait son petit-fils, disait-il sans arrêt, mais
venait-il à Saint-Tropez pour jouer les retraités ?
Subitement, la perspective de devoir annoncer à
Jean-Pierre qu'elle avait récupéré Lucas lui noua
l'estomac. C'était typiquement le genre d'imprévu
qui venait contrarier les mensonges qu'elle se racontait. Le genre de petit événement ridicule, presque anodin, mais qui l'obligeait à quitter sa bulle et
à se confronter à la réalité. Et la réalité, c'était que
Jean-Pierre ne viendrait pas la rejoindre le week-
end du 14 juillet, qu'il partirait en vacances avec
Claire, Sarah, Laure ou bien Pauline, qu'il irait à Split,
à Bodrum, à Ibiza et qu'elle ne le saurait même pas.
La réalité, c'était qu'elle passerait son été à se dire
que son mari viendrait bientôt, et elle en serait si
convaincue que, chaque matin, elle trouverait la
force de sortir de son lit, de passer sous sa douche,
de mettre un pied devant l'autre, les gens la traite-
raient de mythomane, peut-être même de malade
mentale, mais les jours finiraient bien par raccour-
cir et les nuits par devenir plus fraîches, et puis un
matin on serait le 1er septembre et elle aurait réussi à ne pas se foutre en l'air.

Elle s'engouffra dans le petit chemin bordé de papyrus en se jurant de rappeler sa fille. Elle n'irait pas par quatre chemins, elle lui ordonnerait d'écourter son séjour en Afrique. Adèle lui en voudrait à mort, pendant six mois elle refuserait de la voir, mais elle viendrait récupérer Lucas le surlendemain au plus tard, et Jean-Pierre ne pourrait plus se servir de la présence de cet enfant pour lui faire faux bond. Jean-Pierre la rejoindrait pour le week-end du 14 juillet, comme prévu, tout rentrerait dans l'ordre, il ne fallait pas paniquer – surtout, il ne le fallait pas ! Le sentier qu'elle avait emprunté débouchait sur l'arrière de la maison, dans une grande cour baignée de soleil, abritée du vent. Il y faisait une chaleur intenable à cette période de l'année, mais le mistral s'était levé et soufflait si fort que, exceptionnellement, elle aurait supporté un gilet. A voir les draps qui séchaient devant la maison de gardien, gonflés telles des voiles, elle en conclut une force 7. Cela pouvait durer trois, six ou bien neuf jours. Neuf jours d'un mistral pareil, et elle devrait renoncer à accueillir Jean-Pierre dans un cinq-étoiles : balayer les terrasses comme installer les stores serait tout simplement impossible. Elle détestait ce vent qui rendait fou.

La main en visière, elle chercha l'un de ses employés, mais ni les Philippines ni Wojciech ne semblaient dans les parages. Quelque part, une porte claqua violemment et cela la fit sursauter. Elle remonta l'allée pavée jusqu'à l'entrée principale. Le hall et le salon étaient parfaitement déserts. Elle se dirigea vers le patio, se répétant comme un refrain qu'elle allait appeler Adèle, qu'elle allait lui demander de sauter dans le premier avion et de venir récupérer son fils, son fils dont elle redoutait maintenant de trouver le petit corps parmi les nénuphars de la fontaine. C'est alors qu'elle entendit sa voix fluette. Dieu soit loué, elle provenait de la cuisine.

Lucas se tenait assis en tailleur sur la grande table de ferme, mais Catherine le vit sans le voir. Son regard se focalisa immédiatement sur Diane. Plongée dans les annonces immobilières du *Figaro*, celle-ci sirotait son café aux côtés de l'enfant, et Catherine se demanda ce qu'elle foutait là. Elle avait ordonné à ses domestiques de servir le petit-déjeuner sur la terrasse et de ne laisser aucun invité rentrer dans la cuisine. Cette pièce lui paraissait plus intime que sa chambre à coucher, elle ne supportait pas que des étrangers y pénètrent. Et pour cause, Diane semblait faire désormais partie des murs. Encore en robe de chambre et les cheveux savamment décoiffés, elle affichait une telle décontraction qu'on l'aurait crue chez elle. Catherine se racla bruyamment la gorge.

"Hello ! roucoula Diane en la découvrant dans l'embrasure de l'entrée.

— Hello, répéta bêtement Catherine. Bien dormi ?

— Vu la situation, pas si mal. La crise prend des allures de pandémie, tout s'effondre, les prix de l'immobilier ont chuté de 20 % par rapport au mois dernier et plus rien ne se vend, c'est un vrai cauchemar. Enfin… Ton café est délicieux et je me suis fait un super copain", ajouta-t-elle en ébouriffant la tête de Lucas.

Diane et l'enfant échangèrent un regard complice qui ne manqua pas d'agacer Catherine.

"Comment te sens-tu ?" demanda-t-elle à son petit-fils.

Occupé à gribouiller le visage du président sur une des pages que Diane lui avait sans doute données pour pouvoir lire en paix, Lucas ne daigna pas lui répondre. Il continua son dessin, exactement comme si sa grand-mère n'était pas là, et Catherine se vexa.

"Lucas, je te parle.

— ...

— Lucas ?!

— Je crois qu'il va très bien... se permit Diane d'une petite voix espiègle qui témoignait de son pouvoir de séduction, même à l'égard des enfants. En tout cas, il n'a plus de fièvre !

— Il est quand même couvert de boutons, murmura Catherine.

— Mais ce n'est rien du tout ! Ils vont partir comme ils sont venus, ces vilains boutons, hein mon petit chat ? Raconte à ta mamie ce que t'a dit le docteur au Lavandou.

— Chouquette, rectifia Catherine.

— Pardon ?

— Lucas m'appelle Chouquette, pas mamie.

— Chouquette ? répéta Diane d'un air incrédule. Comme une chouquette ?

— Oui, comme une chouquette, avec des morceaux de sucre dessus !"

Catherine n'avait pas pu s'en empêcher. C'était toujours la même question débile, *Chouquette, comme une chouquette ?* "Non, comme une religieuse !" répondrait-elle la prochaine fois. Ses parents l'avaient surnommée ainsi jusqu'à leur disparition et personne ne s'en était jamais offusqué, alors pourquoi depuis qu'elle était grand-mère, ce petit nom étonnait-il tout le monde ? Elle connaissait des mamies qui s'étaient baptisées Nana, Nany, Nano, Nanouche, Mamou, Minouche, Maminouche, Mamouchki, Babou, Babouche, Babouchka ! Chouquette n'était quand même pas plus saugrenu que tous ces sobriquets ! Un léger malaise avait pourtant envahi la cuisine, et, bien que Diane se fût replongée dare-dare dans ses journaux, il flottait au-dessus de leurs têtes comme un gros nuage prêt à exploser. Catherine s'approcha de Lucas.

"Tu ne me dis pas bonjour ?"

L'enfant, concentré sur son dessin, laissa échapper un léger grognement.

"Tu ne m'embrasses pas ?"

Il continua de se taire, alors Catherine pencha son visage tout contre le sien et répéta :

"Tu ne m'embrasses pas ?"

Lucas baissa la tête, se détourna. Il avait cette moue dégoûtée qu'adoptent les enfants lorsqu'on les contraint.

"Ce n'est pas très gentil de me faire ça, s'énerva Catherine. Tu es vilain, Lucas. Tu es un très vilain petit garçon ! Moi qui voulais t'emmener en ville choisir un jouet…"

Il leva les yeux vers elle, comme elle s'y attendait, et cette minuscule victoire lui procura une immense satisfaction.

"Alors ? Ce baiser ?" réclama-t-elle.

Elle sentait que Diane l'observait et elle ne voulait pas perdre la face, mais Lucas la fixait sans bouger, ou plutôt la défiait, se demandant sans doute si le jeu en valait la chandelle. "La forte tête", pensa Catherine et, ne tenant plus, elle l'embrassa brutalement.

Diane commença à regretter d'avoir accepté cette invitation. Si le cadre était idyllique, la tension qui régnait dans la maison depuis l'arrivée de Lucas avait fini par lui nouer l'estomac. Elle s'était allongée sur un transat au bord de la piscine pour prendre un peu de soleil, mais les incessantes allées et venues de Catherine sur la terrasse surplombant le pool house l'empêchaient de s'abandonner, même quelques minutes. Il était tout simplement impossible d'ignorer ses gestes volubiles, ses cris, ainsi que ses deux Philippines en blouse noire et tablier blanc qui, à sa suite, traversaient l'espace à la vitesse de la lumière, tels deux petits tourbillons. Depuis près de deux heures, Catherine ne cessait de leur hurler dessus. Elle leur faisait déplacer des consoles, des vases, des canapés, disparaissait quelques instants à l'intérieur puis réapparaissait et leur ordonnait de tout remettre en ordre, allumait une cigarette, en fumait trois taffes et l'éteignait, en rallumait une autre, allait se poster contre le garde-corps pour téléphoner à on ne sait qui, s'époumonait à appeler Wojciech qui ne rappliquait toujours pas, piétinait d'impatience et recommençait à faire les cent pas, disputait Lucas qui la suivait à la trace, s'épongeait le front puis regardait son invitée bronzer au bord de la piscine – Diane aurait juré que, si elle avait eu un flingue, elle aurait tiré.

Etait-ce vraiment la présence de son petit-fils qui la mettait dans cet état ? Diane n'arrivait pas à le croire. Elle n'était pas grand-mère, elle n'avait peut-être aucune idée du stress que pouvait engendrer une telle responsabilité, mais tout de même... Ce gamin-là lui avait paru gentil comme tout, et puis Catherine n'était pas seule pour s'en occuper. Pourquoi paniquait-elle ? Elle n'avait plus que le prénom de Jean-Pierre à la bouche. *Jean-Pierre arrive vendredi,* disait-elle sans cesse, *il arrive dans trois jours et rien n'est installé !* Elle était totalement obsédée par l'arrivée de son mari... Savoir qu'elle affabulait la rendait vraiment flippante. Car, visiblement, Catherine n'avait même pas conscience de se mentir. L'histoire qu'elle se racontait était devenue sa réalité, et plus rien d'autre n'existait. Son petit-fils trottinait à ses basques, mais elle ne le voyait pas, ou alors uniquement lorsqu'il s'approchait d'un objet appartenant à Jean-Pierre. "Ne touche pas !" aboyait-elle, et le ton de sa voix était si violent que, malgré la distance qui les séparait, Diane en sursautait. Catherine n'avait pas seulement réussi à mettre la pression à ses domestiques mais à la maison toute entière, et il sembla à Diane que même les fleurs attendaient maintenant Jean-Pierre. Elle quitta son transat, alla se chercher un Coca dans le bar du pool-house et n'osa pas retourner s'allonger. Elle préféra s'installer dans un fauteuil sous la glycine, d'où elle ne pouvait plus voir Catherine. Son attitude la pétrifiait. Elle n'ignorait pas que le départ de Jean-Pierre l'avait laminée, mais elle ne se serait jamais imaginé que cette femme soit descendue si bas. Elle l'avait connue tellement digne... Sans effort, Diane se rappela la première fois où elle avait vu Catherine. C'était le soir de ses quarante ans. L'après-midi, Jean-Pierre, qu'elle fréquentait depuis quelques mois déjà, l'avait suppliée, alors qu'il la baisait, de venir à l'anniversaire de son épouse. Cette proposition l'avait déstabilisée et elle s'était mise à rire, mais il avait insisté, *je suis sérieux, j'ai besoin que tu viennes, que tu sois là, je ne peux pas vivre sans toi*, c'était la première fois de sa vie qu'elle aimait un homme, elle voulait le croire, pourtant par principe elle avait continué de refuser, *j'en suis incapable, mon amour, je ne suis pas assez malsaine, je ne suis pas assez perverse*, et ce mensonge éhonté les avait fait jouir de concert. Trois heures plus tard, elle se présentait à leur appartement de l'avenue Deslos. Une Sri Lankaise – oui, à l'époque, c'était une Sri Lankaise – lui avait souhaité la bienvenue et l'avait débarrassée de son vestiaire. Dans le prolongement de plusieurs portes laissées grandes ouvertes, Diane avait alors distingué une femme, ni belle, ni laide, juste très droite dans une robe noire de cocktail, et elle avait tout de suite su qu'il s'agissait de Catherine. Catherine, malgré la vingtaine de mètres qui les séparait et la discussion qui l'accaparait, l'avait également remarquée. D'ailleurs, elle s'était excusée auprès de ses amis pour venir à sa rencontre. A ce moment-là, Diane avait détesté Jean-Pierre de les laisser se présenter seules.

"Bon anniversaire… avait-elle bégayé. Jean-Pierre m'a dit de passer… mon fiancé n'a pas pu m'accompagner, alors je suis venue toute seule…

— Vous n'êtes pas obligée de mentir, lui avait répondu Catherine en souriant. J'aime mon mari d'un amour fou, d'un amour absolu, alors s'il vous aime, je finirai bien par vous aimer aussi. Voilà la grande différence entre vous et moi, Diane Van Keler. Vous, vous me haïrez toujours."

Catherine ne s'était pas trompée. Diane l'avait haïe tout le temps qu'elle était restée la maîtresse de Jean-Pierre. Elle n'avait commencé à l'apprécier qu'après leur séparation, parce que, dès lors, Catherine était devenue son seul moyen de savoir ce que devenait Jean-Pierre. A cette époque, les deux femmes déjeunaient ensemble une fois par semaine, et toujours en cachette. Jean-Pierre avait interdit à Catherine de revoir Diane. C'était sa grande spécialité. Il imposait ses maîtresses à sa famille, mais, dès lors qu'il s'en séparait, il exigeait que tout lien soit rompu. Ainsi, Adèle et Catherine, qui, pendant des années, avaient été sommées de trouver à Diane mille qualités, devaient désormais ne même plus savoir qu'elle existait. Diane en avait atrocement souffert. Elle qui n'avait pas d'enfants, pas de mari, pas de frère, pas de sœur, s'était bêtement imaginé appartenir à la famille Grimbert, et du jour au lendemain cette famille-là lui avait tourné le dos… Comment avait-elle pu croire que Jean-Pierre quitterait Catherine ? Comment avait-elle pu croire qu'il l'épouserait, qu'il lui ferait deux enfants, qu'ensemble ils s'installeraient aux Etats-Unis ? Comment avait-elle pu le croire *si longtemps* ? Ces vieux souvenirs ravivèrent une amertume dont elle pensait s'être définitivement débarrassée. A nouveau, Jean-Pierre lui parut minable, étriqué, sans courage, il lui inspira le même mépris que jadis, et qu'il eût depuis quitté sa femme n'y changeait rien : il l'avait quittée trop tard.

Elle retourna au soleil, retira son soutien-gorge, s'huila les seins d'ambre solaire. Sur son décolleté, de nouvelles taches brunes étaient apparues. *Des taches de vieillesse.* Quel chercheur à la con avait eu la délicatesse de les nommer ainsi… La première fois que sa dermatologue lui en avait trouvé une sur la main, elle avait manqué défaillir, et, maintenant, elle en avait tant qu'on les confondait avec ses taches de rousseur. Elle se massa les bras, le ventre puis les jambes, tout en cherchant Catherine du regard. Sur la terrasse au-dessus du pool house, il n'y avait plus de bruit et, à l'étage au-dessus, réservé aux chambres d'amis, tous les volets étaient clos. Diane se redressa un peu pour tenter de voir le salon en retrait des terrasses, mais la piscine se situait trop en contrebas pour qu'elle puisse apercevoir quoi que ce soit. Elle se demanda où Catherine avait bien pu passer. Son absence, dans l'état psychologique où elle se trouvait, l'inquiéta. Quelques images abominables lui traversèrent l'esprit, des images de couteau, de sang, de femme allongée sur de la moquette crème et de cachets bicolores éparpillés… Elle s'apprêtait à se relever pour aller la chercher quand elle la vit descendre l'escalier creusé dans la rocaille. Elle était encore en chemise de nuit et tenait à la main son paquet de cigarettes, ainsi que son portable et le téléphone de la maison. "Elle ne veut pas rater un de ses appels", pensa Diane, et cette pathétique dépendance qu'elle avait bien connue, elle aussi, lui donna la nausée.

"Excuse-moi, lâcha Catherine en s'affalant à ses côtés, mais Jean-Pierre, comme tu sais, arrive vendredi et, avec ce môme dans les pattes, je ne sais plus où j'habite ! Heureusement, j'ai enfin réussi à le coller devant un dessin animé. Reste juste à espérer qu'il ne dira rien à sa mère…

— Pourquoi ?

— Mais parce que ma fille est la plus grande casse-couilles que la terre ait portée ! explosa Catherine. Elle ne veut pas que son fils s'abrutisse devant la télévision, tu comprends. Ils ont vendu la leur à sa naissance, comme ça, au moins, ça règle le problème, et, à les écouter, tous ceux qui ont une télé chez eux sont des espèces de bourrins décérébrés qui ne comprennent rien à la vie ! Vingt millions de foyers paient la redevance audiovisuelle, *vingt millions*, ils sont tous débiles, ces gens-là ?! Je te jure, c'est à hurler, tous les mômes de la terre ont le droit de regarder la télé, sauf mon petit-fils ! Il a juste fallu que ça tombe sur moi, c'est quand même pas de chance ! Non mais franchement, donne-moi une raison valable de priver ce môme du seul divertissement qui ne tache pas, qui ne produit aucune nuisance sonore, pas de cris, pas de pleurs, pas de questions, et durant lequel, au moins, tu sais qu'il n'ira pas se cogner la tête ou s'érafler un genou ? C'est comme ces femmes qui continuent d'émincer leurs carottes alors que Picard en vend en rondelles, ça me dépasse ! Tu as faim ?

— Non, répondit Diane. J'ai un mariage dans quinze jours et je dois perdre trois kilos pour rentrer dans ma robe. J'avais prévu de ne pas déjeuner."

Elle se mit alors à tripoter son portable, et Catherine la sentit mal à l'aise.

"Qu'est-ce que tu veux faire ? lui demanda-t-elle.

— Oh, ne t'inquiète pas pour moi… Gère ton planning, je vais en profiter pour aller voir ma mère à Sainte-Maxime.

— A cette heure-ci ? N'y pense même pas ! Avec tous les campeurs, tu peux mettre six heures. Pourquoi ne lui proposes-tu pas de venir ? La traversée ne dure que vingt minutes, je demanderais à Wojciech d'aller la chercher au port.

— Ma mère a quatre-vingt-onze ans, Catherine. La dernière fois que je suis allée la voir, c'est à peine si elle m'a reconnue.

— Ah… Excuse-moi…"

Diane composa le numéro de la maison de retraite où résidait sa mère. Il y eut trois sonneries, puis elle fut dirigée vers un disque qui répétait, d'abord en français, ensuite en anglais, qu'on allait donner suite à son appel.

"Ce mariage, demanda Catherine d'un ton détaché, je les connais ?

— Je ne sais pas…

— Eh bien dis-moi, c'est qui ?

— Levasseur. Patrice Levasseur. Un vieux copain expert comptable.

— Et il épouse ?

— Sa secrétaire. Ça fait au moins dix ans qu'ils sont ensemble, mais il n'arrivait pas à quitter sa femme. Je suis contente qu'il ait sauté le pas. C'est un chic type, il méritait de refaire sa vie. Allô ? Oui bonjour, Diane Van Keler à l'appareil…"

Catherine se leva aussi sec. Elle s'approcha lentement de la piscine, se posta en équilibre sur la margelle, contempla les cellules que la réverbération du soleil dessinait à la surface de l'eau, puis retira sa chemise de nuit et se laissa tomber à pic. La différence de température manqua lui faire exploser le cœur, mais c'était le choc thermique dont elle avait besoin pour accuser un coup pareil. Elle ressortit aussitôt et se rallongea, cette fois sur le ventre.

A ses côtés, Diane poursuivait sa conversation téléphonique. On lui avait passé sa mère, et elle lui parlait comme à une enfant de cinq ans. Elle faisait des phrases courtes, simples, sans intérêt, elle répétait les mêmes mots, et, pour Catherine, il était impossible de ne pas penser à l'épouse de ce Levasseur. Elle ne la connaissait pas pourtant, mais elle éprouvait toujours une énorme compassion pour les femmes quittées, comme si elle ne l'était pas déjà mais qu'elle aurait pu à tout instant le devenir.

Le départ de Jean-Pierre ne l'avait même pas soulagée de la peur qu'il s'en aille. Et s'il s'en allait avec sa secrétaire ? se torturait-elle encore. Et s'il épousait sa petite putain de secrétaire ? Catherine savait bien que c'était le genre de tuile qui vous tombait un beau matin sur le coin de la gueule, tel le cancer du sein ou de l'utérus, et face à laquelle vous aviez tout juste le droit d'être digne. Mais elle se demandait à quoi bon l'être, car la dignité ne vous apportait aucun réconfort, elle vous rendait simplement plus fréquentable. Or, Catherine se fichait pas mal qu'on ait envie ou non de la fréquenter, et c'était la raison pour laquelle elle assumait pleinement d'être une femme scandaleuse. Gifler ses rivales potentielles en public, balancer son verre de Coca à la figure d'une mondaine complètement cockée ou agresser une petite stagiaire avec son couteau de cuisine ne lui posait absolument aucun problème. Cette dernière histoire d'agression au couteau remontait, mais elle se souvenait que la fille avait à peine vingt ans, qu'elle venait de Grenoble et qu'elle s'appelait Claire ou Cécile. Peut-être Delphine. A l'époque, Jean-Pierre se fichait pas mal de cette provinciale qui devait le sucer sous son bureau pour lui faire croire qu'il était Bill Clinton, et ce n'était ni la première, ni la dernière à commencer chez lui tout en bas de l'échelle – ce qui dans son entreprise signifiait sous sa ceinture – mais Catherine avait senti chez cette fille une volonté farouche de gravir rapidement les échelons, et si l'on suivait la logique de cette société, cela voulait dire qu'en moins d'une année elle pourrait très bien devenir l'assistante personnelle de Jean-Pierre, l'accompagner à Londres, à Milan, à Genève, et, surtout, lui rouler des pelles dans un restaurant hong-kongais où des serveurs en livrée blanche seraient assez cons pour l'appeler *Madam*.

Avant qu'il ne fût trop tard, Catherine avait donc débarqué au bureau avec son couteau de boucher. La fille avait détalé, bien sûr, mais, le lendemain, elle était allée porter plainte et Jean-Pierre était devenu fou, il avait traité Catherine de tous les noms, elle avait reçu des coups de fil par dizaines, de ses amies, de ses cousins, de ses voisins, tous envoyés par Jean-Pierre en ambassade pour lui faire entendre qu'elle était dingue. Catherine n'avait pas compris. Elle avait voulu sauver son couple en même temps que son honneur, comment osait-on la traiter de dingue ? Elle était très lucide, au contraire. Très clairvoyante sur le fait que Jean-Pierre pouvait *refaire sa vie,* comme disait Diane. *Refaire sa vie.* Eh oui, il était un homme, il était fertile, il avait donc le droit de recommencer. De *tout* recommencer, et même de réenfanter. Si Jean-Pierre réenfantait, alors il retrouverait ses trente ans. Il se remettrait à fréquenter les squares et les réunions de parents d'élèves, ceux-là deviendraient ses nouveaux amis, les meilleurs, il réapprendrait à jouer au foot, il dirait quand mon fils sera grand et, à nouveau, quand je serai vieux, mourir ne lui ferait plus peur. Comme c'était injuste… Comme c'était douloureux d'imaginer ce vieux jeune papa que Jean-Pierre risquait à tout instant de devenir… Et pourtant, il fallait bien l'admettre, car le temps jouait pour les hommes. Les hommes ne possédaient pas d'horloge, pas de limite, rien d'autre ne les guidait que leur désir, ils pouvaient donner la vie bien après que leur fille n'en était physiquement plus capable, être à la fois père et grand-père, toucher des allocations familiales, bénéficier d'une carte vermeil, et, quand tout cela devenait vraiment trop compliqué, ils trouvaient encore le moyen de remettre les compteurs à zéro, comme dans la cour d'école quand ils jouaient à s'entretuer, ils recommençaient encore et encore, parce que c'était pour du beurre, parce que rien ne comptait. Ça n'avait donc pas compté, tout ce que Catherine avait vécu avec Jean-Pierre ? Le passé passait, certes, mais il ne s'effaçait pas. Toutes ces années à s'endormir et à se réveiller à ses côtés, leurs petites victoires sur l'existence, l'accident de voiture dont il avait réchappé, et elle, cette fausse couche qui avait bien failli se terminer en hémorragie, les premiers pas d'Adèle, sa méningite à l'âge de dix ans, les nuits entières à la veiller ensemble, à espérer, à prier, et le bonheur, un matin, de la voir sur pied, et puis les vrais drames, la mort de Thierry, de Juliette, de Robert, tous ces copains fauchés dans la force de l'âge dont il avait fallu faire le deuil, sans compter les débuts sans un sou, le mois d'août à Paris quand les autres partaient en vacances, ces mille et une humiliations qu'ensemble ils avaient transformées en volonté, en rage, en ambition… tous ces moments, c'était Catherine qui les avait vécus avec Jean-Pierre. Catherine et personne d'autre. Personne ne pouvait les lui voler.

"Et sa femme ? demanda-t-elle quand Diane eut raccroché.

— Quoi ?

— La femme de Levasseur, qu'est-ce qu'elle est devenue ?

— Ah… Ben, c'est plus sa femme !" ironisa Diane.

"C'est fini !" cria comme en écho une petite voix.

Catherine se retourna et découvrit Lucas sous le pool house.

"Qu'est-ce que tu as dit ? balbutia-t-elle.

— Mon dessin animé, il est fini !" s'époumona l'enfant.

"Je vais t'en mettre un autre.

— J'ai pas envie.

— Comment ça, tu n'as pas envie ? Tu n'as pas envie de voir *Cars* ?"

Lucas secoua la tête.

"Tu préfères *Toys* ?"

Il secoua encore.

"Ratatouille ?!"

Et encore.

"J'ai pas envie de regarder un autre dessin animé, lâcha-t-il.

— Alors de quoi as-tu envie ?!" hurla Catherine.

Elle hurla si fort qu'elle se fit peur. Les lèvres de Lucas se mirent à trembler, et, le voyant sur le point d'éclater en sanglots, elle changea aussitôt de tactique :

"Ecoute, demanda-t-elle en s'agenouillant afin de se mettre à sa hauteur, Gepetto arrive vendredi, alors il faut que tu sois très gentil avec Chouquette, d'accord ?

— Gepetto arrive vendredi ? répéta Lucas sans dissimuler sa surprise.

— Oui. Normalement, oui, il arrive vendredi, s'agaça-t-elle.

— Comment ça se fait ?

— Comment ça se fait, quoi, Lucas ?

— Ben, comment ça se fait que Gepetto, il va venir ici ? Toi, tu vas partir ?

— Mais non, voyons ! Gepetto vient passer le week-end avec moi – avec nous, maintenant –, il nous emmènera en bateau, à la plage, au restaurant, tu verras, ce sera formidable.

— T'es une menteuse.

— Pardon ?

— …

— Qu'est-ce que tu viens de dire ?

— …

— Lucas, je peux savoir ce que tu viens de dire ?

— Tu vas partir, je le sais, dit l'enfant. Je le sais que vous êtes plus ensemble.

Catherine attrapa la main de son petit-fils et, sous les yeux médusés de Diane, remonta l'escalier qu'elle avait descendu une demi-heure plus tôt. Elle conduisit l'enfant dans sa chambre, l'installa sur son lit puis s'allongea à ses côtés. Elle se mit alors à lui proposer tout et n'importe quoi, elle avait besoin de parler. Lucas ne voulait rien d'autre que rester tout près d'elle. Elle l'entraîna alors dans la cuisine puis dans le cellier, dans la lingerie, dans le local technique de la piscine, partout où elle devait inspecter. Cela dura une heure à peine, mais elle eut le sentiment d'y avoir passé la journée. Lucas lui avait posé tant de questions ! Sans compter que répéter cent fois *ne touche pas à ci, ne touche pas à ça, fais attention, Lucas où es-tu ? Lucas, sois gentil, Lucas, je vais me fâcher, Lucas, tu vas t'en prendre une* était l'activité la plus crispante qu'elle ait jamais expérimentée !

Ils s'étaient finalement posés sur la terrasse, dans le petit salon en rotin que Jovie venait tout juste d'installer, et il suffisait que Catherine lève le menton d'un ou deux centimètres pour voir, quatre mètres plus bas, le corps de Diane aller et venir d'un bout à l'autre du bassin. Elle n'arrivait pas à se détourner de cette "carte postale", et elle se demandait ce qu'elle avait bien pu faire au ciel pour ne pas avoir le droit, elle aussi, de profiter de ses vacances. Le mistral était tombé et la chaleur commençait à devenir vraiment insupportable. Elle aurait donné n'importe quoi pour piquer une tête, mais, chaque fois qu'elle envisageait de se lever, Lucas se mettait à pleurnicher. Et rien ne l'amusait ! Il ne voulait jouer ni aux cartes ni aux dés, n'avait jamais entendu parler des dames, ne savait même pas à quoi ressemblait un échiquier. Pourquoi lui interdire la télé, pensa Catherine, s'il n'était pas foutu de faire autre chose… Elle attrapa le stylo glissé dans les passants de son agenda et lui proposa de dessiner.

"Avec ça ? s'offusqua-t-il.

— C'est un Mont Blanc, je te signale, un *collector*, et tu as encore de la chance que je veuille bien te le prêter.

— Je veux des feutres.

— Je n'ai pas de feutres ! hurla-t-elle. Diane t'a donné un vieux Bic ce matin pour gribouiller mon *Figaro* et ça t'allait très bien, alors ne fais pas d'histoires !"

Elle vit à nouveau son visage se déformer et crut qu'elle allait l'étriper. Pourquoi se remettait-il à pleurer ? Non mais pourquoi ?!!! Il n'avait pas pleuré avec Diane ! Il s'était contenté de ce qu'elle lui avait donné, il n'avait réclamé ni feutres, ni papier, ils avaient même ri tous les deux, pensait-il peut-être qu'elle ne les avait pas vus ? Cette image de Diane et de Lucas dans sa cuisine, leur complicité qu'elle s'était prise de plein fouet et qui lui revenait maintenant à l'esprit, consuma le peu de patience qui lui restait. Elle fit un effort surhumain pour ne pas lever la main sur lui, car, s'il avait été son fils, elle n'aurait pas hésité à lui coller deux gifles et l'affaire aurait été réglée. Mais Lucas n'était *pas* son fils, et Catherine n'avait aucun droit sur lui. Que des obligations : le nourrir, le soigner, le torcher, le gâter. Le toucher ? Sa fille l'aurait dénoncée sur-le-champ aux services sociaux. On ne touchait plus les enfants. Jamais. Ni tape sur les doigts, ni fessée, même lorsqu'ils se roulaient par terre en hurlant parce que vous aviez démoulé un Flamby de travers. Dans ces cas-là, on discutait, on raison-nait, on ex-pli-quait ! On y passait la journée s'il le fallait, et souvent une bonne partie de la soirée, on manquait même de divorcer, mais on prenait le temps de discuter. Adèle et Vincent pouvaient dis-cuter pendant des heures, et rien ne crispait tant Catherine, sauf peut-être cette petite phrase qu'ils balançaient dès qu'ils se sentaient jugés : *l'enfant est une personne*. Et l'adulte ? Qu'était l'adulte ? Un putain de paillasson ! Catherine aurait adoré que Dolto soit encore en vie pour le lui dire. Elle *haïs-sait* la psychanalyse. Elle n'avait consulté qu'une seule fois dans sa vie – sur les conseils de sa fille la première fois qu'elle avait appris que Jean-Pierre la trompait. Elle était allée voir soi-disant le plus grand, un type d'une laideur... Trapu, chauve, sen-tant le renfermé ! Elle se souvenait encore de ses longues mains tachetées qui pianotaient d'impa-tience sur la marqueterie de son bureau, de ses hochements de tête hypocrites, de ses silences sadiques, et surtout de sa voix à elle, au bord des larmes. Elle ne s'était jamais sentie aussi humiliée que ce jour-là. Elle était ressortie de chez ce docteur avec la haine, et, sans bien savoir pourquoi, avait composé le numéro d'un ami chirurgien. Quinze jours plus tard, elle s'offrait son premier lifting : cela lui avait fait beaucoup de bien.

Lucas continuait de hoqueter, et ses petits bruits d'animal meurtri l'agaçaient au plus haut point. Plus elle observait cet enfant, et plus elle sentait monter en elle une violence à laquelle elle craignait de ne pouvoir résister. Elle avait une de ces envies de le soulever et de le secouer… Elle ne supportait pas qu'il la tyrannise. *Pourquoi la tyrannisait-il ainsi ?!* N'était-elle pas gentille ? Elle était allée le chercher jusqu'au Lavandou, nom de Dieu, et, depuis qu'il était arrivé la veille au soir, elle ne s'était occupée *que* de lui ! Elle lui avait donné son bain et ses médicaments, mis un dessin animé, promis une virée chez le marchand de jouets. Elle avait même envisagé un tour de manège sur le parking du port et, s'il était vraiment très sage, une soirée au Luna Park. Oui, elle était prête à se coltiner le Luna Park, la foule, la transpiration et les trois plombes d'encombrements pour qu'il se la boucle, n'était-elle pas gentille ?! Elle voulait seulement qu'il la lâche. Qu'il la lâche juste *cinq minutes*, elle n'en demandait pas plus. Le temps d'appeler Jean-Pierre, de fumer une cigarette, d'aller pisser. Pouvait-elle pisser en paix ?! Négatif. Monsieur l'avait suivie jusqu'aux toilettes, et il se tenait maintenant derrière la porte, couinant comme un petit chien abandonné sur le bord d'une autoroute ! Pire qu'un chien, en vérité, car il était pourvu d'une langue et n'hésitait pas à s'en servir. Toutes les trente secondes, il posait une nouvelle question. Catherine s'efforçait de l'ignorer, mais tant qu'elle ne répondait pas il se répétait en boucle, tel un disque rayé, jusqu'à ce que mort s'ensuive. Qu'avait-elle fait pour mériter ce calvaire ?! Elle qui s'était juré, après le décès de son caniche, de ne plus jamais s'occuper de personne…

Elle pissa presque debout, s'essuya à la hâte et se dépêcha de déverrouiller la porte tant il la pressait de sortir, mais, quand elle tira la poignée vers elle, le corps de son petit-fils bascula en arrière et s'écrasa sur ses pieds. Lucas n'avait rien trouvé de mieux que de s'asseoir par terre, le dos calé contre la porte ! Catherine eut la sensation qu'un obus venait de lui déchiqueter la cheville droite. Elle se mit alors à hurler, et c'était toute la rage qu'elle retenait en elle depuis la veille qui jaillissait de sa gorge. L'enfant n'osa plus bouger. Il se recroquevilla, enfouit son visage entre ses genoux pour ne plus l'entendre, mais le voir ainsi vautré sur elle alors qu'elle souffrait le martyre la rendit plus furieuse encore. Elle vociféra de plus belle, et ce redoublement de colère ne fit que le paralyser davantage, de sorte que si les domestiques n'avaient pas fini par débarquer, ils seraient sans doute toujours l'un sur l'autre, elle à hurler et lui, juste pétrifié. Jovie emporta Lucas, tandis que l'autre Philippine aida Catherine à rejoindre son lit. On aurait dit que cette fille avait fait ça toute sa vie. Elle tenait sa patronne de sa seule main droite, glissée sous son aisselle telle une béquille, et, de sa main gauche, effectuait de toutes petites pressions entre ses omoplates destinées à la faire avancer. Les pleurs de Catherine semblaient l'indifférer. Absolument concentrée, elle s'attelait maintenant à la faire asseoir puis à l'allonger, tout doucement, et en dehors de ces gestes rien n'avait d'importance. Jovie, qui se tenait en retrait, pensa qu'elle aurait fait une excellente accompagnatrice de fin de vie. Elle décida de la laisser gérer la situation et continua de s'occuper de Lucas, mais, au bout d'un quart d'heure, Catherine ne s'était toujours pas calmée, alors elle déposa l'enfant sur la bergère et s'approcha du lit. La tête renversée en arrière, les yeux clos, la bouche entrouverte, Madame gémissait piteusement. Jovie s'agenouilla à ses côtés. Elle attrapa sa main et la lui caressa gentiment tout en la priant de formuler sa souffrance, mais, à chacune de ses questions, Catherine poussait un grognement, comme si dire où elle avait mal risquait d'accentuer sa douleur. Jovie se demanda si elle ne s'était pas vraiment fait quelque chose. Elle ne savait plus. Au début, elle s'était dit qu'elle jouait la comédie, comme d'habitude, et elle avait attendu le moment où elle allait lui ordonner d'appeler son mari. Combien de fois lui avait-elle fait le coup ? *Oh, Jovie ! Je ne me sens pas bien,* I don't feel well, I am serious, call *Jean-Pierre tout de suite !* Mais Mr Jean-Pierre avait bien prévenu Jovie, Madame racontait n'importe quoi, Madame mentait, Madame était malade, piquée, folle à lier, il ne fallait pas écouter Madame, *so don't call me anymore, OK, Jovie ?,* et, comme c'était Mr Jean-Pierre qui la payait à la fin de chaque mois, Jovie préférait ne pas le contrarier. Mais cette situation la mettait dans un bel embarras. Elle ignorait quoi faire, vers qui se tourner… Le mieux, se dit-elle enfin, serait encore d'appeler les pompiers.

Lorsque les trois volontaires annoncèrent à Catherine qu'ils allaient la transporter à la clinique de l'Oasis, elle explosa littéralement. Elle insulta tout le monde, demanda à signer une décharge et jura que, vivante, elle ne bougerait pas de chez elle. Il fallut toute la diplomatie d'un médecin appelé à la rescousse, avec lequel elle tergiversa au téléphone une bonne vingtaine de minutes, pour qu'elle se radoucisse. Et Diane fit le reste. Diane lui dit que Jean-Pierre arrivait vendredi, que vendredi venait juste après jeudi, que mercredi se terminait déjà et que, si elle refusait de se soigner, son week-end serait complètement gâché. Diane savait désormais que Catherine était une femme malade, et elle n'était pas très fière d'utiliser sa folie pour la contraindre, mais quel autre argument que l'arrivée de Jean-Pierre l'aurait convaincue de s'allonger sur un brancard ? Les pompiers l'emportèrent, puis, tel un cortège funèbre, tous la suivirent en silence, Diane, Lucas, les deux Philippines ainsi que le gardien Wojciech. Avant que les portes du camion ne se referment, Catherine vit ces gens massés sur le perron de sa maison, agitant leurs mains et lui souriant comme si elle partait pour de longues vacances, et elle eut alors l'atroce sensation que Diane, qui se tenait au centre de ce petit groupe, venait brillamment de lui prendre sa place. Elle se mit alors à hurler *Jean-Pierre ! Si Jean-Pierre appelle, surtout ne lui dites rien !* Mais le véhicule avait déjà démarré et seuls les pompiers l'entendaient.

"Ma mère s'est pété le pied."

Adèle et Vincent s'efforcèrent un instant de garder leur sérieux, mais, à la seconde où leurs regards se croisèrent, leurs lèvres se mirent à trembler, puis leurs narines, leurs poitrines, leurs épaules, et ils partirent d'un fou rire nerveux que rien ni personne n'aurait pu empêcher.

"Arrête ! supplia Adèle en reprenant enfin son souffle. C'est pas drôle !"

Elle continuait pourtant de rire aux larmes, et sa mauvaise foi ruina les efforts de Vincent pour se calmer. Il repartit de plus belle, se tenant les côtes devant une ribambelle de gamins qui les observaient sans comprendre.

"Qu'est-ce qui s'est passé ? hoqueta-t-il enfin.

— Je ne sais pas… Il n'y avait pas de réseau… j'entendais un mot sur trois… Je crois que les pompiers l'ont emmenée à l'hôpital.

— A l'hôpital ? Mais pourquoi, ils l'ont plâtrée ?

— J'en sais rien, je te dis ! Je n'ai même pas eu le temps de lui demander de me passer Lucas, la ligne a été coupée.

— Il faut toujours qu'il lui arrive des trucs pas possibles…

— Merci !

— Quoi ?

— Merci, je suis contente de te l'entendre dire ! Tu es toujours là à lui trouver des circonstances atténuantes, alors pour une fois que tu reconnais qu'elle a quand même un souci, ça me rassure."

Vincent esquissa un sourire, mais l'explication de sa femme lui déplut. Elle laissait entendre qu'il prenait toujours la défense de sa belle-mère, or il se foutait de sa belle-mère comme de l'an quarante. Il avait simplement décidé que tout ce que Catherine pourrait dire ou faire n'aurait jamais la moindre importance, mais, visiblement, Adèle ne s'en était toujours pas aperçue.

"Je te parie qu'elle portait ses mules compensées, se moqua-t-elle. Tu sais, ces espèces de plateformes immondes, là, genre chaussures orthopédiques avec des semelles de quinze centimètres. A tous les coups, elle a raté une marche."

Il la sentit prête à discourir sur les chaussures compensées de sa mère pendant des heures, et cela l'irrita au point qu'il en devint presque agressif :

"Tu rentres quand ? lâcha-t-il.

— Pardon ?

— Tu rentres quand ? Ce soir, ou tu vas pouvoir tenir jusqu'à demain ?

— Pourquoi tu me dis ça ?"

Il la dévisagea, ne trouva rien à lui répondre, puis laissa son regard dériver sur la foule qui les entourait. Le camp était maintenant noir de monde. Il avait été ouvert à l'origine pour accueillir le retour "spontané" des Congolais exilés en Tanzanie, mais, depuis que le Haut-Commissariat aux réfugiés avait décidé d'organiser leur rapatriement massif, un demi-millier d'âmes transitaient chaque jour dans ce hangar prévu pour accueillir trois cents personnes au maximum. Ceux qui étaient arrivés à l'aube par le premier bateau semblaient déjà morts. Allongés ici et là, ils somnolaient la bouche grande ouverte, se moquant des bénévoles qui, pour accomplir leur travail, enjambaient les corps avec la même indifférence qu'ils contournaient les sacs de riz, de sucre et de pommes de terre. D'autres exilés, au contraire, avaient trouvé la force de s'installer en cercle, recréant ainsi un semblant d'intimité qui les empêchait peut-être de craquer. Il y avait beaucoup de femmes. Certaines donnaient le sein à leur enfant, d'autres caressaient la tête de leur mère, et, malgré l'épuisement avec lequel ces gestes étaient accomplis, une incroyable fraternité s'en dégageait. Cette fraternité, Vincent réalisa qu'Adèle était incapable de seulement l'entrevoir. Et c'était la femme qu'il avait épousée, c'était la mère de son fils, la fille dont il partageait le lit et la salle de bains.

"Je comprends très bien que tu aies envie de rentrer, lui dit-il. Surtout ne te pose aucune question. Fonce.

— Est-ce que je t'ai dit que j'avais envie de rentrer ?"

A nouveau, il resta sans réponse. Répondre l'épuisait. Il faisait trop chaud pour répondre, et les piqûres d'insectes sur ses mollets le démangeaient furieusement.

"Vincent ? Est-ce que, oui ou merde, je t'ai dit que j'avais envie de rentrer ?

— Non, mais tu le penses tellement fort…

— Je le pense tellement fort ! C'est formidable ce sixième sens que tu as, non vraiment, je suis bluffée, tu arrives à percevoir ce que moi-même j'ignore, quel talent !

— Ne te vexe pas, j'ai rien dit de mal…

— De quel droit tu penses à ma place ? De quel droit tu présumes ce que je ressens ? J'en ai ras le bol de l'image que tu as de moi, tu me vois encore comme quand tu m'as rencontrée, tu crois que je n'ai toujours pas coupé le cordon, que je n'ai rien réglé de mes problèmes, mais, bon Dieu, ce que tu te trompes ! Oui, c'est vrai, j'ai envie de prendre le premier avion et de rentrer, seulement contrairement à ce que tu imagines, ce n'est pas parce que je culpabilise vis-à-vis de ma mère ! J'ai passé ce cap, figure-toi, j'ai intégré le fait qu'il était normal qu'elle garde mon fils, et que ce n'était pas parce qu'elle s'en occupe quelques jours que j'aurai une dette éternelle à son égard. Elle peut toujours gueuler comme elle a gueulé l'autre soir quand je lui ai demandé d'aller chercher Lucas au Lavandou, je m'en contrefous ! Et tu veux même mieux ? Ça me fait rire ! Oui, ça me fait rire, est-ce que je n'ai pas ri avec toi il y a tout juste cinq minutes en t'apprenant qu'elle s'était pété le pied ? Mes parents ont fondu les plombs, Vincent, et pour moi qui suis leur fille, ce n'est pas si simple de garder mon sens de l'humour, OK ?!!!

— Mais j'en suis parfaitement conscient.

— Oh, ta gueule, arrête de prendre ton air de maître d'école à la con, là… Tu as conscience de quoi ? Tes parents ne t'ont jamais fait chier, Vincent, ton père est mort quand tu avais douze ans et ta mère vivait à cinq cents kilomètres de chez nous dans une maison de retraite dont tu n'as jamais été foutu de te rappeler le nom ! Tu te rends pas compte de ta chance… Tu as vu le père que j'ai, moi ? On n'en parle jamais, de mon père, mais tu crois que ça a été simple de vivre avec ses maî-tresses, de se les taper à la Toussaint, à Pâques, à Noël, d'avoir à leur acheter chaque année un petit cadeau pour mettre sous le sapin et ma mère qui se faisait humilier, qui était leur bonniche, ma mère qui les servait à table, est-ce que tu peux simplement concevoir une chose pareille ?! Elle faisait le service, elle les laissait même s'allonger sur son lit pour regarder la télévision le temps de préparer le dîner, et dès qu'elle disparaissait en cuisine, eh bien je voyais mon père et sa putain se bécoter sur le lit de ma mère, je devais avoir sept ans. Mais je sais, *ce n'est pas ma vie, c'est la leur*, mon psy me l'a assez répété, et puisque tu penses exactement comme lui, je veux que tu saches que, si je rentre plus tôt, ça n'a rien à voir avec eux. Je ne rentrerai pas pour eux, Vincent. Je rentrerai uniquement pour Lucas. Parce que Lucas est malade, que je suis sa mère et qu'il a besoin de moi ! Lucas a besoin de moi, tu comprends, ça ?!!!"

Elle s'arrêta sur cette phrase, assez fière. Avec le sentiment, sinon d'avoir marqué un point, du moins de ne pas s'être fait écraser. Et puis il dit :

"Moi, je crois que c'est toi qui as besoin de lui."

Vincent se leva aussitôt et quitta la table où ils s'étaient installés pour manger un morceau. Adèle aurait voulu lui courir après, lui hurler dessus, le frapper même, mais la présence de deux bénévoles dans la guérite de sécurité la retint. Elle était furieuse. Non que Vincent eût raison, mais parce que ses reproches lui semblaient ahurissants. Etait-ce un crime d'avoir besoin de son fils ? Etait-ce une tare ? Une névrose ? Qu'aurait-il souhaité, au juste ? Que Lucas l'indiffère ? Il aurait aimé qu'elle adopte la même attitude que sa mère, qu'elle soit d'abord une épouse et qu'elle le vénère comme Catherine adulait Jean-Pierre ? Vincent lui avait toujours donné le sentiment de mépriser ses parents, mais peut-être qu'au fond il les enviait. Peut-être que la façon dont Jean-Pierre était aimé le rendait jaloux…

Elle ramassa leurs deux bols, les déposa à l'intérieur de la guérite, sur la paillasse où s'entassait la vaisselle sale, puis ressortit et s'enfonça dans le camp. Aussitôt, des gamins l'assaillirent, lui réclamèrent des bonbons et des stylos. Elle offrit celui qu'elle avait piqué dans ses cheveux pour maintenir son chignon et poursuivit sa route. Elle aurait aimé voir ces enfants, mais c'était le visage de son fils qui s'imprimait sur le leur, comme sur chaque chose où elle avait posé son regard depuis qu'elle était arrivée au Congo. Adèle ne savait plus vivre le présent. Une partie de son cerveau demeurait constamment connecté à Lucas, à son emploi du temps, et quand, par exemple, elle regardait sa montre, la première chose qu'elle se disait le concernait – *il prend son bain, il entre en classe, il monte dans le bus –,* qu'il fût sous ses yeux ou à dix mille kilomètres n'y changeait rien. Comment se débrouillait Vincent ? Il réussissait à n'être jamais ailleurs qu'à l'endroit où il se trouvait physiquement, et cette forme d'égoïsme la rendait terriblement jalouse car elle savait désormais que c'était la seule façon d'être libre. Longtemps, elle avait cru qu'elle l'était, elle aussi. Parce qu'elle pouvait voter, travailler, avorter, parce qu'elle était née après 68, dans un monde où les femmes devaient gagner autant que les hommes et les hommes, récurer autant que les femmes. Oui, jusqu'à la naissance de Lucas, Adèle y avait cru, et maintenant qu'elle réalisait à quel point cette liberté était utopique, eh bien elle avait la très désagréable sensation d'avoir été trahie car personne, nulle part, ne l'avait mise en garde contre le despotisme de son propre esprit. Personne ne lui avait expliqué qu'elle se poserait mille questions, qu'elle aurait des doutes, des regrets, des frustrations, qu'elle devrait sans cesse faire des choix et qu'au final elle aurait toujours la sensation de louper quelque chose. Pourquoi même sa mère ne l'avait-elle pas prévenue ? Elle ne s'était donc jamais sentie tiraillée ? Adèle tenta de se rappeler les premières années de sa vie, quand Catherine, dans la même semaine, accompagnait Jean-Pierre à Londres puis à Chicago parce qu'elle craignait qu'une autre ne prenne sa place. Elle devait quand même un peu s'en vouloir de voir si peu sa fille, de rater ses conseils de classe, ses ballets, ses tournois de tennis… Oui, elle devait s'en vouloir, mais la présence de sa propre mère, toujours au premier rang, la réconfortait sans doute. Catherine savait qu'Adèle ne manquait ni de soins, ni d'amour, qu'elle grandissait auprès d'une grand-mère pour qui rien ne comptait plus que sa petite-fille, elle pouvait partir tranquille. En réalité, ce n'étaient pas les combats menés pour et par son sexe qui avaient permis à Catherine de s'épanouir, mais le soutien inconditionnel de sa mère, ce qui, aux yeux d'Adèle, la rendait encore plus impardonnable.

La foule commença à lui tourner la tête, elle se dirigea vers la sortie du camp. Dehors, le soleil entamait sa descente, colorant le ciel d'un joli rose qui se fondrait bientôt aux eaux paisibles du lac Tanganyika. Sur la rive, en contrebas de la route, des gamins jouaient au foot. Ils tapaient dans des canettes qui reproduisaient la mélodie d'un carillon. Adèle se sentit mieux.

"Allez, allez, plus vite ! Il va faire nuit et, à tous les coups, le générateur va encore nous lâcher."

Adèle tourna la tête. Carole, la femme qui était venue les chercher la veille à Bijombo, sauta d'un camion de l'UNHCR. C'était une grande fille athlétique, aux cheveux châtains mais dont les tempes grisonnaient, vêtue d'un débardeur blanc, d'un short beige à multi-poches et de chaussures à grosses semelles, le genre de modèle qu'on ne trouvait plus qu'au Vieux Campeur.

"Salut toi ! Comment va ?

— Bien, merci… sourit Adèle.

— Ah, excuse-moi une minute, on m'appelle. J'écoute", dit-elle dans le talkie-walkie qu'elle venait d'extirper de l'une de ses poches arrière.

Une voix d'homme s'échappa de l'émetteur, entrecoupée de longs grésillements. Carole tapa plusieurs fois dessus avant de s'emporter :

"C'est pas possible de travailler avec du matériel pareil, on n'entend rien !"

Elle s'excita sur le talkie-walkie pendant une minute ou deux, puis deux Noirs chargés de valises sortirent du camp et se dirigèrent vers le camion de l'UNHCR.

"Il en reste encore beaucoup ?"

Un des deux hommes fit non de la tête et poursuivit son chemin.

"On prépare le convoi de demain pour Baraka, expliqua-t-elle à Adèle. Cent cinquante réfugiés doivent regagner leur village, et ils ont chacun au moins deux valises ! Si seulement on pouvait rouler de nuit, on ne perdrait pas autant de temps. Ah voilà, ça remarche… J'écoute."

Carole s'éloigna pour parler, laissant à Adèle tout le loisir de l'observer. La veille, coincée à l'arrière de la voiture et dans la nuit noire, elle n'avait pas pu bien la regarder, mais elle avait tout de suite apprécié le personnage. Carole était une femme à poigne, visiblement pas très commode, mais qui possédait pour Adèle une qualité essentielle : elle ne mâchait pas ses mots. Sur le trajet, elle avait d'ailleurs évoqué la situation sans tabou. Entre les richesses minières et la fertilité des sols, avait-elle dit, le Kivu pourrait nourrir l'Afrique entière, mais les paysans sont tellement terrorisés qu'ils n'osent même plus retourner dans leurs champs. Quand ce ne sont pas les génocidaires du Rwanda qui violent leurs femmes et les massacrent, ils se font piller par les rebelles de Nkunda ou bien carrément par l'armée régulière. Carole avait la haine contre les militaires, et surtout contre l'Etat qui ne les payait plus, qui avait fait d'eux d'horribles mercenaires. Maintenant, les civils se méfiaient de tout le monde, enrageait-elle, y compris des ONG, et les conditions de travail étaient devenues si difficiles qu'elle se demandait s'il ne valait pas mieux rentrer chez elle. De nationalité belge, elle avait été envoyée en RDC en 1998, au début de la guerre régionale opposant le gouvernement aux rebelles soutenus par Kigali, mais elle considérait que la situation n'avait jamais été aussi désespérée qu'aujourd'hui.

"C'était mon amie Jeanne, annonça-t-elle en revenant vers Adèle. J'avais complètement oublié, elle part demain à Basankusu, on s'était promis de dîner ensemble. Il faut absolument que tu la rencontres, elle est incroyable. Allez viens, je t'emmène !"

Elles montèrent à bord d'une vieille Jeep qui cala plusieurs fois avant de démarrer, puis qui souleva derrière elle un épais nuage de terre rouge. La nuit était tombée. Elles s'engagèrent dans la seule rue d'Uvira, et malgré la présence des Casques bleus de la Monuc, ce petit village coincé entre lac et montagne semblait plutôt paisible. Adèle était accoudée à sa portière, elle regardait les maisons défiler. Elle ne savait pas si c'était la brise, l'état désastreux de la route, les couleurs de l'Afrique ou bien cette étrangère qui la conduisait vers un lieu inconnu, mais quelque chose dans cet instant lui rappelait La Havane, México, Jaipur…, toutes ces villes exotiques qu'elle avait découvertes quand elle était étudiante. Elle avait l'impression d'avoir à nouveau vingt ans.

Jeanne les attendait devant chez Carole. Carole habitait une petite maison blanche, toute en bois, entre le camp de transit et l'hôpital. Elle se l'était fait construire sans aucune autorisation, simplement en soudoyant quelques locaux auxquels elle avait montré des photos de l'Amérique des années 1920, signées Dorothea Lange. Et d'ailleurs, assise sur les marches du porche, dans la lumière jaune d'une ampoule assaillie par les moucherons, Jeanne ressemblait à s'y méprendre à ces femmes du Texas, de la Louisiane et de l'Arkansas que la photographe avait tant pris pour modèle. Rousse flamboyante vêtue d'une longue robe de lin blanc, elle portait sa vie sur son visage.

"Enfin ! bougonna-t-elle quand la Jeep se fut arrêtée. Max et Kalina n'ont toujours pas dîné, je te signale.

— Je suis désolée, s'excusa Carole, on a pris du retard avec le convoi de demain. Je suis vraiment désolée", répéta-t-elle en s'approchant des deux bonobos qui se retranchèrent aussitôt derrière Jeanne.

Adèle n'avait jamais vu de singes ailleurs qu'au Jardin des plantes, et ceux-là, si grands, si *humains*, la firent reculer de deux pas.

"Vous avez peur ? rit Jeanne.

— Non…

— N'ayez pas peur, ce sont nos cousins les plus proches ! Nous partageons le même patrimoine génétique à 99 %.

— Je vais chercher des bières, lança Carole en ouvrant la porte de chez elle.

— Et ce que tu trouveras pour Max et Kalina !" ajouta Jeanne.

Carole réapparut quelques minutes plus tard avec de la bière de banane, d'éleusine et de maïs, ainsi que des fruits pour les deux singes. Ensuite, elle retourna en cuisine et, lorsqu'elle apporta son ragoût au nom imprononçable, il n'était pas loin de vingt-deux heures. Max et Kalina, comme n'importe quels mômes, s'étaient endormis sur le canapé en osier, tandis qu'Adèle et Jeanne faisaient gentiment grimper leur taux d'alcoolémie.

"Ça y est, tu sais tout sur les bonobos ? demanda Carole à Adèle en lui servant une assiette. Jeanne t'a dit qu'ils étaient la quatrième et dernière espèce de grands singes après les chimpanzés, les gorilles d'Afrique et les orangs-outans d'Asie, que leur intelligence avait été évaluée à celle d'un enfant de six ans et que leur appétit sexuel frénétique les avait rendus célèbres dans toute l'Afrique ?

— Non… sourit Adèle. Jeanne m'a surtout parlé de son projet de les réintroduire dans leur jungle d'origine. Elle m'a dit qu'elle avait elle-même négocié avec le chef de la tribu…

— Avec le chef des Llinga Pôo, l'aida Jeanne.

— Le type en pagne qui porte un collier de trente-deux dents de guépard, c'est ça ? plaisanta Carole.

— C'est exactement ça. Il m'a cédé vingt mille hectares sur son territoire coutumier, et il m'a personnellement promis de lutter contre ces salauds de kadogos qui, en trente ans, ont exterminé soixante-dix mille bonobos !

— Qui sont les kadogos ? demanda Adèle.

— Des enfants-soldats démobilisés qui, jusqu'à présent, survivaient grâce au pillage et au braconnage, mais maintenant c'est terminé. Le type en pagne, comme tu dis, ajouta-t-elle en regardant Carole, est loin d'être un demeuré. Il a vite compris que, si on réussissait à réintroduire les bonobos dans leur milieu naturel, il y aurait bientôt des cars de touristes comme au Kenya et en Tanzanie. Tu sais combien un touriste débourse pour passer la journée dans une réserve kényane ? Trois cents dollars. Si les touristes sont bien accueillis, la Banque mondiale financera ce qu'on veut : l'électricité, l'eau courante, un réseau routier, des écoles… De toute façon, ça fait des années que je le répète, tant qu'on n'aura pas mis fin à cette catastrophe écologique, le drame humain perdurera. Il te reste une bière ?"

Jeanne continua à parler de son projet, de son angoisse de se séparer de Max et Kalina, elle disait aimer ces singes comme ses enfants, mais qu'il fallait savoir couper le cordon, que les autres, si proches soient-ils, ne vous appartiennent jamais. Adèle avait du mal à croire que, dix ans plus tôt, cette femme vendait des Rolex et des bagages Lancel dans une boutique de Kinshasa. Fille de colons belges, Jeanne était arrivée au Congo à l'âge de quatre ans, et, pendant toute son enfance, son père, fonctionnaire, l'avait traînée avec lui dans les grandes fermes de l'Est. En 1960, les événements les avaient obligés à regagner la Belgique, mais, à vingt ans, elle avait pris la décision d'abandonner ses études, de se marier et de revenir en RDC. Ne sachant trop quoi faire, elle s'était improvisée marchande d'art africain. Son business avait bien marché, et puis un peu moins, alors elle avait transformé son local en boutique de luxe et l'aventure avait duré jusqu'en 1993, date à laquelle elle avait visité le zoo de Kinshasa et s'était pris, avec la découverte du massacre des bonobos, *la plus grande claque de sa vie*. Jeanne ne pouvait pas dire si elle aimait ou non ce pays, seulement que c'était le sien et qu'elle n'en avait pas d'autre. Elle se sentait africaine.

"Euro-africaine, précisa-t-elle en se levant, à la manière des Afro-Américains aux Etats-Unis. "

Elle alluma la petite radio posée sur le rebord de la fenêtre, chercha une fréquence potable et, quand elle l'eut trouvée, la déposa sur la table, puis se mit à danser. Carole lui fit remarquer qu'elle était complètement raide, ce qu'elle ne nia point. La tête légèrement renversée en arrière, elle commença à balancer ses hanches d'un côté à l'autre et, sous la lumière jaune, on pouvait voir des gouttes de sueur perler entre ses seins. Ses tempes aussi ruisselaient. Elle proposa à Adèle de la rejoindre, qui n'osa pas, alors Carole se leva et les deux femmes dansèrent peau contre peau sur du *kisanola*. De temps à autre, Jeanne rouvrait les yeux pour s'assurer que les deux singes dormaient bien, puis les refermait. Adèle continua à boire. Elle mourait d'envie de se lever, mais elle n'avait pas dansé depuis des lustres, elle craignait de ne plus savoir. "Tu n'as qu'à faire comme si tu te peignais devant ton miroir, lui disait Carole, *kisanola* veut dire «peigne» en lingala !"

Peigne ou brosse, Adèle n'en avait plus maintenant la moindre idée. Elle n'était même pas capable de dire si elle avait dansé ou non, ni comment on s'était débrouillé pour la ramener jusqu'à Vincent. Elle trouvait simplement son mari très bizarre, penché sur elle à lui répéter qu'il l'avait cherchée toute la nuit, qu'il s'était imaginé le pire, un accident ou même un enlèvement, qu'il l'aimait comme un dingue, qu'elle était la femme de sa vie. "Je suis désolé, disait-il à présent, je n'aurais jamais imaginé que, pour une petite dispute de rien du tout, tu te serais mise dans un état pareil, l'alcool n'est pas une solution, Adèle, on va rentrer plus tôt, on va rentrer dès que possible, par le premier avion où je trouverai des places, mais je ne veux pas que tu te mettes à boire, je ne veux pas que tu marches dans les pas de ta mère, toi tu n'es pas ta mère, tu es une femme aimée." Adèle avait l'impression qu'il pleurait, en tout cas il avait l'air triste, et puis très sérieux, elle aurait voulu lui parler des singes, mais elle ne se souvenait plus de leur nom.

"J'ai beaucoup réfléchi à ce que tu m'as dit, lui avoua-t-il alors, et tu sais quoi ? C'est toi qui as raison, je suis un gros con, Adèle, je passe mon temps à te dire comment agir avec tes parents, mais qu'est-ce que j'en sais de la manière de se comporter avec des parents, moi, les miens n'ont jamais existé. C'étaient des gens simples, qui ne voulaient jamais déranger, et, résultat, ils sont morts sans que je sache qui ils étaient. Je ne sais même pas qui étaient mes parents, Adèle…

— Des bonobos !

— Qu'est-ce que tu dis ?

— Ça y est, je m'en souviens, c'étaient des bonobos, des singes super intelligents, avec de la fourrure noire et des lèvres tellement rouges !

— Dors, mon ange, dors, ça ira mieux demain. Je t'aime… Je t'aime tellement… je ne veux pas qu'un jour tu puisses avoir des regrets, si tu savais combien moi j'en ai… J'allais voir ma mère deux fois par an, deux fois seulement et c'était une immense corvée, tu t'en souviens ? Aujourd'hui, je donnerais dix ans de ma vie pour prendre la place du médecin qui lui a fermé les yeux."

"Après une séance record sur le New York Stock Exchange, l'établissement américain Bear Stearns vient d'annoncer l'effondrement de la valeur de deux de ses *hedge funds*, créant une suspicion générale à l'égard de tous les fonds d'investissement. Le CAC 40 a perdu 1,69 % et repasse sous les 6 000 points. A Londres, l'indice Footsie perd 1,38 % à 6 567,10 points. Cette crise financière sans précédent depuis les attentats du 11 Septembre est jugée très alarmante. La hausse subite des taux d'intérêt jumelée à la baisse du marché de l'immobilier depuis le début 2006 a mis en difficulté plus d'un million de foyers, lesquels se retrouvent aujourd'hui dans l'incapacité de rembourser leurs crédits. Les analystes estiment que, d'ici à la fin de l'été, plus de trois millions d'Américains pourraient perdre leur logement. Plusieurs organismes de crédit ont déjà fait faillite, entraînant les banques dans la tourmente. Les gouvernements européens se préparent au scénario catastrophe d'une mondialisation de la crise, prenant subitement conscience de la présence de ces créances douteuses dans l'ensemble du système bancaire international, et jusque au sein des sicavs monétaires normalement jugées sans risque. Tous les yeux sont désormais braqués sur les agences de notation."

Le journaliste continua de lire son prompteur d'une voix sinistre, mais Diane préféra couper le son. De toute façon, elle n'apprendrait rien de plus qu'elle ne savait déjà. Elle avait lu les quotidiens, écouté la radio et consulté presque chaque heure les dépêches AFP sur son BlackBerry. C'était toujours les mêmes phrases qui partout passaient en boucle.

"Je n'y comprends pas grand-chose, commenta l'esthéticienne, mais j'étais tout à l'heure chez une cliente dont le mari est banquier et je peux vous dire qu'il était paniqué, l'pauvre homme. Vous pourriez écarter vos jambes un peu plus ?"

La jeune femme continua de faire tourner son bâtonnet et se mit à souffler dessus, mais la cire restait aussi liquide que du miel et manquait à tout instant de se répandre. Par précaution, elle avait placé sa main en dessous, ne craignant pas de se brûler la paume. Elle souffla une dernière fois sur la mixture, puis l'étala délicatement sur l'aine. Ensuite, elle apposa une bande de papier qu'elle retira d'un coup sec. Diane grimaça.

"Vous le connaissez peut-être ? Il s'appelle Mitchell, c'est un Anglais.

— Ça ne me dit rien", murmura Diane en bâillant.

Elle était épuisée. Cela faisait maintenant presque douze heures que les pompiers étaient venus chercher Catherine, douze heures qu'elle attendait son retour et qu'elle n'avait absolument aucune nouvelle, discuter avec cette Niçoise dont les faux ongles couleur corail la rebutaient réclamait un effort qu'elle n'était plus en mesure de fournir.

"Ils viennent ici chaque année, poursuivit néanmoins l'esthéticienne. Ça doit faire au moins dix ans que je les ai comme clients. Je m'occupe de toute la famille, la femme, les filles, le mari… Oui, oui, le mari aussi ! gloussa-t-elle, *je lui teins les poils du torse*. Il serait fou s'il savait que je le dis, mais bon, je me venge un peu, ses filles m'ont fait poireauter jusqu'à vingt heures et je ne les ai jamais vues, soi-disant que leur bateau est tombé en panne ! Enfin, c'est pour ça que j'ai pu vous prendre, vous avez eu de la chance. En pleine saison, comme ça, c'est rarissime.

— Il est quand même onze heures du soir...

— Ah oui, mais même ! En pleine saison, je travaille jusqu'à deux heures du matin, je n'ai pas d'horaires ! Je fais les lèvres ?

— S'il vous plaît."

Diane prit la position de l'accouchée. Elle ramena ses cuisses contre sa poitrine, et l'esthéticienne trempa de nouveau son bâtonnet dans la cire brûlante.

"Pourquoi tu te mets comme ça ?" demanda Lucas, agenouillé devant la table basse sur laquelle il avait soigneusement disposé ses figurines.

Diane le croyait en train de jouer. Elle se demanda depuis combien de temps il l'observait.

"Tu fais quoi ? insista-t-il.

— Je me fais épiler, lui dit-elle.

— Ça veut dire quoi épiler ?

— Enlever les poils.

— Ça fait mal ?

— Un peu."

Lucas demeura quelques minutes sans bouger, probablement plus fasciné par le fait que Diane puisse souffrir en silence que par sa nudité. Chaque fois que la fille arrachait une bande, son visage se ramassait autour de son petit nez tacheté de son. Il attendit qu'elle eût fini pour s'approcher, mais sur la pointe des pieds, comme s'il craignait de découvrir une plaie béante. Le sexe de Diane ressemblait pourtant à celui des petites filles de sa classe, il était un peu plus rouge et plus fripé, certes, mais tout aussi imberbe. Cela parut le rassurer. Il vint s'asseoir à ses côtés, les yeux toujours braqués sur les mains de la jeune femme qui peaufinait maintenant son travail à la pince.

"Ça y est, j'ai terminé", murmura celle-ci.

Elle continua pourtant de s'acharner sur les deux ou trois poils incrustés sous la peau, avec cette hargne dont seules les esthéticiennes sont capables. Diane eut envie de se servir de ses cuisses comme d'une pince, de lui serrer le cou jusqu'à l'étouffer. Elle n'avait plus la moindre patience et le regard de Lucas commençait à la mettre franchement mal à l'aise. Elle aurait pu lui parler de ses boutons de varicelle, lui demander quel était le nom de son amoureuse à l'école ou ce qu'il espérait recevoir du père Noël, mais elle était suffisamment lucide pour savoir qu'aucune de ces questions stupides ne pourrait concurrencer le spectacle qu'elle lui offrait. Quant à le prier de se détourner ou de fermer les yeux, cela lui paraissait grotesque. Une gigantesque photographie floutée de Thomas Ruff représentant une femme en pleine fellation décorait l'un des murs du salon, alors ce n'était pas son petit minou qui allait le traumatiser. Elle préféra tourner la tête, comme pour s'absenter d'elle-même. Un bout de ciel étoilé pénétrait par la porte d'entrée qu'on avait laissée grande ouverte, et quelques secondes s'écoulèrent avant que la silhouette de Catherine ne s'imprime sur sa rétine. Celle-ci lui fit d'abord l'effet d'un détail, presque d'un défaut dans le fond du parfait tableau qui s'offrait à elle. Catherine progressait lentement dans l'allée bordée de cyprès, oui, très lentement, elle se rapprochait de la maison, si lentement que Diane se demanda si ce n'était pas sa propre surprise qui imposait un ralenti à la réalité. Elle s'attendait pourtant à son retour, mais non à la situation improbable dans

laquelle elle se trouvait, et tandis que l'esthéticienne lui tapotait le sexe à l'aide d'un coton imbibé de lotion apaisante, elle regardait Catherine
arriver comme on contemple l'accident juste avant
qu'il n'advienne : sans pouvoir rien faire d'autre qu'attendre.

L'entrée de Catherine n'eut pourtant pas la violence d'un cataclysme. Elle pénétra dans le hall à la
manière d'un zombie, les cheveux hirsutes, le dos
voûté, les bras ballants, traversa le salon sans jamais
relever la tête, puis s'affala de tout son long dans l'un
des canapés. Une bandelette enveloppait sa cheville
droite, mais son visage n'exprimait rien. Ni souffrance,
ni colère, pas même un brin de lassitude. Toute émo-
tion l'avait visiblement désertée, et son regard vide se
baladait sur les choses sans les imprimer. Que Diane
renfilât son string sous les yeux ébahis de son petit-fils
semblait lui paraître tout aussi normal que les embal-
lages de Bounty, de Mars et de M&M's qui jonchaient
le sol. Même les figurines auxquelles Jean-Pierre tenait
tant, éparpillées sur la table basse où d'ordinaire elle
ne supportait pas qu'on pose une paire de clefs, la
laissèrent indifférente. Elle se pencha sur les bouteilles
d'alcool, attrapa le whisky, puis se servit un verre
qu'elle avala cul sec. Diane se demanda alors si le
médecin ne lui avait pas diagnostiqué une maladie
incurable. Elle brisa le silence :

"Alors ?

— Alors rien, lâcha Catherine. J'ai poireauté cinq
heures aux urgences pour m'entendre dire que je
n'avais rien.

— Génial !

— Génial, t'as raison. J'ai un hématome de la
taille de mon poing.

— Vous avez beaucoup de chance, intervint
l'esthéticienne, beaucoup, parce que ma mère,
elle, elle s'est carrément cassé le pied ! C'est un

vase qui lui est tombé dessus au dernier réveillon. On pensait qu'elle s'était fait une entorse, eh ben non, cassé, cassé ! Le médecin lui a dit qu'à son âge c'était très fréquent. Elle n'est pas vieille, pourtant, elle vient de faire cinquante-cinq, mais à ce qui paraît, après la ménopause, le squelette devient tout fragile. A ce qui paraît, une femme sur deux se casse quelque chose, vous vous rendez compte ? Ils appellent ça l'ostéoporose, ils vous en ont pas parlé à l'hôpital ?"

Catherine la dévisagea avec tout le mépris dont elle était capable, puis elle s'appuya sur ses mains pour s'extirper du canapé et, sans dire un mot, se dirigea vers sa chambre.

"Qu'est-ce que tu fais ? lui demanda Diane.

— Je vais me coucher !

— Tu ne veux pas dîner ?

— Non, je ne veux pas dîner ! Je n'ai peut-être pas de mariage dans quinze jours, mais c'est la crise, non ? Eh bien moi aussi, je suis en crise !"

L'esthéticienne gloussa de nouveau, tandis que Diane resta de marbre. Si Catherine l'avait invitée pour se venger de la vie merdique dont elle était pourtant la seule responsable, eh bien elle s'était trompée de casting ! Pourquoi était-elle agressive, tout à coup ? Pourquoi distante, pourquoi méchante ? Diane n'était quand même pas responsable si Lucas lui était tombé dessus et que le service des urgences de Saint-Tropez fonctionnait comme dans un pays sous-développé ! Que lui reprochait-elle, en vérité ? De ne plus aimer Jean-Pierre ? De ne plus l'attendre ? De ne plus se morfondre ? DE N'ÊTRE PAS, COMME ELLE, DEVENUE FOLLE ?!!! Jusqu'à présent, Diane était restée bien élevée, elle s'était gardée de toute remarque, mais il ne fallait pas non plus se moquer d'elle ! La plaisanterie avait assez duré, elle n'était plus disposée à rire. Ni de cette espèce de conne qui venait de lui brûler l'entre-jambe, ni de ce gamin plein de boutons qui tirait sur sa jupe pour attirer son attention, et encore moins des chiffres désastreux de la bourse qui défilaient au bas du téléviseur. Hormis les trois fleurons du CAC 40, le cours de toutes les entreprises s'effondrait, et, contrairement à ce que venait de claironner Catherine en se croyant maligne, ce n'était pas "la crise", mais peut-être bien la fin du monde.

Sur le port la foule ressemblait à la faune d'une salle de concert. Un millier d'individus au bas mot stagnaient sur le trottoir comme la crasse au fond d'un évier, et Catherine se demanda pourquoi grand Dieu elle s'était laissé traîner jusqu'ici. Il faisait un de ces cagnards… Ce n'était pas humain, pas supportable, on aurait dit que le goudron allait fondre et les gens, exploser comme des tomates trop mûres. Leurs visages tout rouges et tout bouffis transpiraient sans relâche, leurs corps charriaient une odeur aigre qui vous mettait le cœur au bord des lèvres. Derrière Diane, Catherine et Lucas avaient réussi à se faufiler jusque sous le store de chez *Sénéquier*, mais il y avait là encore moins d'air qu'ailleurs et, maintenant, ils ne pouvaient plus ni avancer ni reculer : ils étaient coincés. Le petit n'arrêtait pas de se plaindre. Il disait qu'il avait chaud, qu'il avait soif, qu'il était fatigué. Catherine essayait tant bien que mal de le faire patienter, mais elle commençait elle aussi à bouillir : le fait d'être debout avait relancé sa douleur à la cheville et Diane, qui cherchait à tout prix à se faire remarquer en se trémoussant dans sa petite tunique transparente, l'exaspérait au plus haut point.

"C'est celui-ci, avec le drapeau belge, s'exclama-t-elle en pointant du doigt un des énormes yachts. On y va ?

— Dans ce bordel ? Merci bien, mais ce sera sans moi, rétorqua Catherine. Je n'ai aucune envie de me faire piétiner et encore moins de mourir étouffée. De toute façon, ce n'était pas une bonne idée que je vienne, je vais remonter à la maison."

La perspective de passer une journée supplémentaire enfermée à la villa fit bondir Diane :

"Tu ne peux pas faire ça, Fanny nous attend et Lucas se faisait une telle joie de faire du bateau ! Allez, viens, je te promets que, dans moins de cinq minutes, nous serons à bord."

Elle prit Lucas dans ses bras, se mit à crier *pardon ! pardon !* et fendit la foule comme Moïse avait fendu la mer. Catherine n'eut guère d'autre choix que de lui emboîter le pas. Pendant près de vingt minutes, elle se fit bousculer, marcher dessus, insulter, et quand enfin elle atteignit le quai, les deux gorilles qui sécurisaient l'accès à la passerelle exigèrent qu'elles leur fournissent une preuve de leur invitation à bord. Catherine explosa. Elle les traita d'incapables, de sous-développés, de demeurés, ils lui demandèrent alors de rester polie, le ton monta et les gens autour commencèrent à s'en mêler. Diane se hâta de décrocher son portable :

"Fanny ?

— *Hey, darling ! Where are you ?*

— Sur le quai. Peux-tu dire à ces deux abrutis de gardes du corps de faire leur boulot ?

— Ils ne t'ont pas laissée monter ?

— Heureusement que Jean-Pierre n'est pas là ! cria Catherine. Si Jean-Pierre était là, ça ne se serait pas passé comme ça !

— *So sorry, darling, I'm coming !*" chantonna Fanny Loset, et elle dégringola aussitôt du ciel par un escalier en colimaçon. Elle s'immobilisa une seconde sur la plage arrière du deuxième ponton, face à la foule qu'elle contempla d'un air comblé.

De timides applaudissements l'accueillirent, comme si les gens craignaient de vexer une star qu'ils n'auraient pas reconnue. Elle en avait l'allure, avec sa coupe de champagne qu'elle tenait à deux doigts et ses triangles à paillettes, un sur chaque sein, le troisième lui couvrant le sexe. Elle était tout simplement divine, le genre de fille auquel on ne pouvait donner d'âge. *Voilà l'avantage d'avoir du sang noir*, pensa Catherine comme chaque fois qu'elle la voyait. La belle métisse descendit lentement les quelques marches qui la séparaient du commun des mortels, puis elle s'approcha des deux gorilles et fit son numéro :

"Mes invitées ! Vous avez osé laisser mes invitées sur le quai ?! Dégagez, bande d'incapables ! Dégagez !"

Les gardes du corps s'effacèrent en courbant l'échine, et Fanny traversa la passerelle en ouvrant grands ses bras :

"Mes chéries, je suis tellement confuse ! Ne leur en voulez pas, ils sont si bêtes ! Même pas foutu de reconnaître Chi-chi…

— Chirac est là ? palpita Diane.

— Pour qui crois-tu que tous ces cons sont ici ? Evidemment que Chirac est là, comme un poisson dans l'eau au beau milieu de ce bain de foule ! On se croirait au Salon de l'agriculture… Mais dis-moi, Catherine, où est ton adorable petit chien ?"

Il y eut un court silence et, à la tête que fit Diane, Fanny comprit qu'elle aurait mieux fait de se taire.

"Polly est mort, lâcha Catherine. Ecrasé comme une crêpe avenue Montaigne alors que je sortais de chez Dior. Il n'était plus tout jeune, mais ça m'a quand même fait quelque chose." Et comme si elle avait besoin de montrer que malgré tout la vie continuait, elle présenta Lucas :

"Mais je suis venue avec mon petit-fils.

— Avec ton petit-fils ? Et peut-on savoir depuis quand tu as un petit-fils ?

— Depuis que je n'ai plus de chien", rétorqua-t-elle du tac au tac.

Fanny Loset recracha aussi sec la gorgée de champagne qu'elle venait de laper :

"Oh, my God, you're so funny !" Pourtant, on ne savait pas si Catherine plaisantait. Elle ajouta :

"Je n'ai pas réussi à trouver de baby-sitter, sa présence ne te dérange pas, j'espère ?

— Tant qu'il ne pisse pas sur les canapés !" gloussa Fanny et, prenant chaleureusement Lucas par les épaules, elle les fit monter à bord.

Si Catherine était trop tendue pour s'arrêter sur des principes, Diane Van Keler fut très vexée de ne pas être présentée au propriétaire du yacht. Après tout, elle avait accepté cette invitation en mer aussi pour voir quel genre d'homme Fanny Loset était encore capable de se dégoter, et celle-ci lui disait maintenant que Flavio Dessuti ne souhaitait voir personne ? Mais pour qui se prenait-il ? Le sultan du Brunei ?

"Non, juste pour quelqu'un qui a perdu pas loin de vingt millions d'euros depuis le début de la semaine, lui répondit Fanny.

— T'as vraiment pas de bol, toi, la plaignit Diane.

— Quoi ?

— Tu rencontres un type, et, quinze jours plus tard, il est raide !

— Moi, je dirais plutôt que c'est lui qui n'a pas de bol…"

La remarque de Catherine ne fit rire qu'elle. Fanny, qui n'avait pas eu d'autre chance dans la vie que son physique – elle avait grandi à la DASS, s'était mariée en premières noces avec un ancien taulard et, en secondes, avec un proxénète –, parut sincèrement blessée ; quant à Diane, elle fit semblant de compatir. Il aurait donc été normal que Catherine s'excuse, au moins par politesse, mais elle n'avait aucune envie d'arrondir les angles, bien au contraire. Elle se sentait comme une cocotte-minute, comme une bulle de chewing-gum, un ciel avant l'orage : il fallait que ça pète.

"Lucas, je t'interdis de me lâcher la main ! hurla-t-elle. Je te l'interdis, tu m'entends ?!"

Et l'enfant n'eut même pas le temps d'éclater en sanglots que Diane intervint :

"Ne lui crie pas dessus comme ça, tu es folle ou quoi ?

— Je lui crie dessus si je veux, si je veux, d'accord ?! C'est MON petit-fils !"

Les deux femmes se défièrent quelques secondes, puis Catherine la planta avec Lucas et s'engagea dans la coursive qui menait à l'avant du bateau.

"Elle boite", remarqua Fanny.

Le yacht venait de quitter le port. Il avait pris de la vitesse et, à quinze mètres au-dessus du niveau de la mer, le vent commençait à souffler sérieusement. Diane s'apprêta à suivre Catherine, puis se ravisa. Il valait mieux qu'elle se calme, elle aurait pu la foutre par-dessus bord. Lucas ne pleurait plus, mais il paraissait vraiment choqué. Diane ne savait pas quoi lui dire. Elle avait déjà du mal à le regarder. Il était si petit, si léger, on aurait dit qu'il allait s'envoler – ou bien passer entre les cordes de la rambarde, et cette pensée lui donnait autant le vertige que si elle s'était penchée au-dessus du bastingage. Elle parvint tout de même à l'empoigner, puis elle le mit à terre et se coucha aussitôt sur lui au beau milieu du passage. Fanny se mit alors à lui gueuler, *Bon Dieu, Diane, mais qu'est-ce que tu fabriques ? Allez, relève-toi, on va se mettre à l'intérieur, relève-toi, je te dis, à l'intérieur, on sera à l'abri*, seulement, avec le bruit que faisaient les machines, Diane était bien incapable de l'entendre. Ni de la voir car, pour échapper à ce cauchemar, elle avait enfoui son visage dans l'estomac de l'enfant. Quel enfer ! C'était maintenant à son tour de se demander ce qu'elle avait fait au ciel pour endurer une situation pareille. Cette sortie en mer devait être un moment de détente, l'occasion de bronzer, de papoter entre copines et pourquoi pas de rencontrer le prince charmant – à ce qui se disait, Flavio Dessuti avait plein d'amis – et voilà qu'elle se retrouvait coincée en mer avec un môme de cinq ans qui ne savait pas nager, ne pouvait pas rester au soleil en raison de sa varicelle et, surtout, n'était pas le sien ! Diane aurait voulu trouver la force d'envoyer balader ce morveux, mais, pour une raison qu'elle n'osait s'avouer, elle n'en avait pas la force : Lucas ressemblait trop à son grand-père. Il avait hérité de Jean-Pierre ses yeux jaunes, improbables, de longs cils recourbés qui leur donnaient à tous deux un regard de fille, des taches de rousseur sur l'arête du nez et, quand ils souriaient, une petite fossette à droite de la lèvre comme une marque de fabrique. Le visage de cet enfant, avec quelques "si", aurait pu être celui de sa vie…

Le bateau décéléra, ce qui eut pour effet de faire tomber le vent d'un seul coup et, en moins d'une minute, la température grimpa de dix degrés. Diane releva doucement la tête. Sa joue portait les marques du T-shirt de Lucas et ses cheveux formaient comme une torche au-dessus de son crâne – un peu à la mode punk. Fanny Loset pensa que ce devait être exactement à ça que Diane Van Keler ressemblait juste après l'amour.

"Ça va ? lui demanda-t-elle.

— Où sommes-nous ?

— Aux Canebiers. J'avais demandé au marin de nous emmener un peu plus loin, à la Bastide Blanche, mais Flavio a encore dû passer derrière moi. Il s'est mis en tête que le prix de l'essence était devenu indécent. Tu sais, il a perdu tellement d'argent ces derniers temps…

— Il ne peut pas rester ici, dit Diane en parlant de Lucas. Il ne sait pas nager.

— Si je sais nager ! contesta le gamin.

— Tu sais nager sans bouée ?

— Oui, je sais nager sans bouée !

— Même en pleine mer ?"

Lucas laissa passer une bonne minute avant de répondre, croisa ses bras sur sa poitrine, baissa les yeux et bougonna :

"Dans la piscine."

Diane lui ébouriffa gentiment le haut du crâne, puis termina sa phrase :

"Et il n'a pas le droit de rester au soleil. A cause de ses boutons.

— Mais où tu veux qu'on le mette ? s'enquit Fanny.

— N'importe où. Pourvu qu'il fasse frais et que ça ferme à clef."

Le salon où Fanny avait décidé de les conduire ressemblait à une suite du *Four Seasons*. De la moquette beige triple épaisseur recouvrait le sol et les murs étaient lambrissés de chêne jusqu'à mi-hauteur, puis tapissés d'une soie crème. De chaque côté, deux baies vitrées panoramiques offraient une vue imprenable sur la côte, nulle part on n'apercevait l'eau, si bien que le sentiment de se trouver au sommet d'une tour plutôt qu'en mer vous étreignait immédiatement. Et la climatisation qui maintenait la pièce aux alentours des quinze degrés ne faisait qu'amplifier cette sensation : il faisait aussi froid que dans une administration new-yorkaise.

"Je t'ai dit frais, pas gelé ! Tu veux bien baisser cette clim, supplia Diane, on va attraper la mort.

— Impossible, rétorqua Fanny. Toutes les pièces sont réglées à la même température et c'est Flavio qui décide. Flavio a décidé que, quinze degrés, c'était bon pour la santé !

— Bon pour la santé ? répéta Diane d'un air incrédule. Il est super, ton jules, vraiment super...

— Oh, je suis sûre que tu vas l'adorer ! s'excita Fanny qui n'avait jamais été très douée pour distinguer le premier du second degré. Il est tellement farfelu, un vrai gosse !

— Oui, eh bien celui que tu as devant toi est en train de congeler sur place, alors s'il te plaît, trouve-moi une solution."

Fanny Loset se calma aussi sec, joignit ses deux paumes qu'elle approcha de son nez comme si elle allait se mettre à prier, et laissa s'écouler quelques secondes. C'était peut-être le signe qu'elle réfléchissait. Soudain, elle exulta :

"Je crois que j'ai trouvé !", et elle courut vers un placard d'où elle sortit deux gros sacs de chez Roberto Cavalli. Elle se mit alors à déballer la marchandise, il y avait des robes, des pantalons, des maillots, toutes sortes de fringues dans des imprimés léopard allant du fauve au framboise écrasée, et, tout en continuant de libérer les articles de leur papier de soie afin de mieux les apprécier, elle demanda à Lucas de s'approcher. Très naturellement, elle lui fit enfiler un petit short en lycra qui, sur lui, se transforma en bermuda, puis elle le pria d'essayer un gilet taillé *small* et Lucas plongea sa petite tête dans la large encolure. On aurait dit que Fanny était styliste, qu'elle avait fait ce métier toute sa vie. Le sérieux avec lequel elle s'exécutait surprit Diane. Maintenant, elle retroussait les manches du petit, lui demandait de reculer, puis de se tourner, exactement comme les petites ouvrières dans les documentaires sur Coco Chanel, c'était grotesque.

"Attends, attends, c'est pas terminé ! s'affola-t-elle en voyant qu'il commençait à s'impatienter, et elle attrapa un paréo dont elle lui fit une espèce de toge romaine. Voi-là ! Au moins tu n'auras pas froid."

Diane préféra s'abstenir de tout commentaire. Elle marcha jusqu'à la fenêtre panoramique, revint sur ses pas puis se posta près de la porte vitrée. Dehors, sur le ponton en teck, parmi un groupe d'une dizaine de personnes, elle reconnut Massimo qui était en train de s'huiler le torse d'ambre solaire. Diane crut qu'elle délirait. Que faisait son bel Italien sur ce bateau ? Elle prit le temps de l'observer, le trouva plus irrésistible encore qu'à la soirée Durex et, telle une petite souris, se glissa à l'extérieur. C'était vraiment plus fort qu'elle, elle se sentait comme aimantée.

"C'est quoi, ce truc de merde ?" grogna Fanny. Elle avait installé Lucas sur l'énorme banquette crème, et elle s'acharnait sur une télécommande alors que, devant elle, l'écran plasma restait noir. "Faut avoir fait l'ENA pour allumer cette putain de télé ?!"

Vaincue, elle abandonna le boîtier sur la table basse, s'empara du paquet de Davidoff et s'alluma un cigarillo. Une fumée blanche se répandit dans l'air, mais elle s'efforça aussitôt de la dissiper à grands gestes, comme si elle avait voulu montrer qu'elle savait se comporter en présence d'un enfant.

"OK, y a pas de télé, concéda-t-elle, mais y a plein d'autres trucs !" Elle se dirigea à nouveau vers les placards, les ouvrit tous et, dans le dernier, trouva enfin ce qu'elle cherchait :

"Du Coca, des cacahuètes, et même des bonbons ! Tu peux tous les manger."

Lucas secoua la tête à la manière des petits chiens en plastique à l'arrière des voitures.

"Quoi ? T'aimes pas les bonbons ? l'attaqua Fanny en déposant les paquets sous ses yeux.

— Si, mais ma mère, elle veut pas que j'en mange, répondit-il timidement. Elle dit que, si j'en mange, j'aurai plein de caries.

— Ta mère ? Ta mère est montée sur ce bateau ?

— Non…

— Eh ben alors, où est le problème ? Je vais t'expliquer une petite chose, mon chaton, quand on est avec sa mamie, on oublie tout ce qu'on a appris avec sa maman. Se laver les dents, se coucher tôt, manger la bouche fermée, tout ça, c'est terminé ! Quand on est avec sa mamie, on fait n'importe quoi, parce que, sinon, ça ne sert absolument à rien d'avoir une mamie, tu saisis ?"

Lucas n'en était pas certain, mais il acquiesça. Sur ce, Fanny remarqua que Catherine se tenait dans l'escalier en colimaçon qui reliait le salon à la salle à manger du pont supérieur. Elle paniqua :

"Ah, je ne t'avais pas vue…

— Vous étiez passés où ? Ça fait deux heures que je vous cherche.

— Ici… On est venus ici tout de suite… Pour que Lucas ne reste pas en plein soleil, avec tous ses boutons, on préférait…

— Et Diane ?

— Ben, elle était là aussi… Je ne sais pas, elle s'est… elle s'est volatilisée…

— C'est quoi, ce déguisement ?

— Ah, mes fringues ? Je les lui ai mises pour pas qu'il prenne froid. T'as vu comme ça lui va bien ?

— Très bien. On dirait un travelo."

Il y eut un silence, puis Fanny remballa ses vêtements et replaça ses deux sacs de shopping dans le placard. On aurait dit qu'elle allait se mettre à pleurer.

"Il ne faut pas que tu sortes d'ici, d'accord ?" expliqua-t-elle à Lucas en revenant s'agenouiller près de lui, comme si c'était désormais elle qui avait la responsabilité de cet enfant. Catherine, en retrait, les observait sans bouger. "Si tu sors, tu pourrais tomber et te noyer, tu dois me promettre de ne pas sortir. Et si tu as besoin de quoi que ce soit, tu n'as qu'à frapper au carreau. Ta mamie et moi, on sera juste là, sur le ponton, ajouta-t-elle en pointant du doigt la porte vitrée.

— C'est pas ma mamie", rétorqua Lucas.

Fanny ricana maladroitement.

"C'est pas ma mamie, j'te dis ! Ma mamie, c'est la maman de mon papa et je l'ai jamais connue. Elle est morte.

— Je suis désolée." Lucas regardait méchamment Fanny, aussi méchamment qu'un chien sur le point de mordre, et Fanny commença à bafouiller :

"Mais Catherine, c'est quand même…

— Non !

— C'est pas ta mamie, d'accord, d'accord…

— Lucas, s'impatienta Catherine, tu ne m'appelles pas mamie, mais je suis quand même ta mamie.

— Il t'appelle comment ? demanda Fanny.

— Chouquette, répondit Lucas.

— Chouquette ? répéta Fanny d'un air ahuri. Comme une chouquette ?

— Oui, comme une chouquette, avec des morceaux de sucre dessus", lâcha Lucas très sérieusement et, pour la première fois de la journée, Catherine décrocha enfin un sourire.

Lorsqu'elles rejoignirent le pont, Diane était en train de demander où se trouvait Sainte-Maxime, et, visiblement, personne n'était d'accord. Une gamine à la voix haut perchée pointait l'est en jurant que c'était là, un type prétendait qu'elle se plantait complètement, qu'à l'est il y avait Cannes et puis Monaco, un autre lui rétorquait qu'il ne savait pas ce qu'il racontait, que l'est ne pouvait pas être devant, mais forcément derrière, tandis qu'une bonne femme en maillot fuchsia ne cessait de lever les yeux au ciel comme une vieille institutrice.

"Et peut-on savoir pourquoi tu tiens tant à situer Sainte-Maxime ? finit par demander Massimo.

— Je tiens tant à situer Sainte-Maxime, lui répondit Diane, parce que ma mère y habite. J'ai promis à ma mère de lui rendre visite."

Elle avait prononcé cette phrase comme elle aurait dit *ta queue me rend dingue, je veux sentir ta queue entrer en moi, je t'en prie, baise-moi.* Cela n'échappa à personne, surtout pas à Catherine qui eut envie de lui sauter à la gorge. Un vilain malaise s'installa, et il fallut toute l'énergie de Fanny Loset pour le dissiper. La belle métisse attrapa la bouteille de champagne, arrosa les coupes posées sur le plateau, et leva son verre en criant :

"Fuck the recession !"

Quelques rires un peu timides retentirent, puis des voix s'élevèrent pour reprendre en chœur :

"Fuck the recession !"

— Ça vous fait marrer ?" demanda alors un jeune homme qui avait passé trois quarts d'heure pendu au téléphone et qui venait juste de rejoindre le groupe. Il n'avait pas plus de trente ans et affichait un air si sombre que, en le regardant, on se disait que c'était bien le genre de type à rentrer dans un supermarché pour buter tout le monde. "Vous vous trouvez drôles ?" Des *Oh !* résonnèrent, ce à quoi il rétorqua : "Non, mais est-ce que vous vous trouvez drôles ? A l'heure qu'il est, des millions de gosses n'ont plus de toit dans tous les Etats-Unis, *des millions*, quelqu'un d'entre vous y pense ? C'est la crise la plus grave qu'ait traversée l'Amérique depuis la grande dépression, c'est pire qu'une crise en vérité, c'est la fin d'une époque, tout va péter, vous entendez, tout va péter, c'est votre dernier été !

— Raison de plus pour en profiter ! glissa Fanny en remplissant de nouveau les coupes.

— C'était tellement évident que ça ne tiendrait pas, continua le jeune trader en se prenant la tête entre les mains. Avec la hausse des taux d'intérêt et la baisse du marché de l'immobilier, ces salopards de courtiers savaient pertinemment qu'en vendant leurs prêts ils provoqueraient la faillite de toutes ces familles, et les organismes de crédit les ont suivis, ils ont titrisé toutes ces créances pourries, mais les plus grandes ordures, ce sont les agences de notation qui ont cautionné tout ça, elles ont gratifié ces titres d'un AAA, elles nous ont dit «Allez-y, achetez, achetez, pas de problème, c'est super *safe* !» et on s'est fait baiser comme des puceaux, on s'est TOUS fait baiser, alors qu'est-ce qu'on peut faire, maintenant ? Dites-moi ce qu'on peut faire ?"

Personne ne le savait, ou bien ceux qui avaient une petite idée sur la question n'osaient rien dire tant le garçon semblait capable du pire.

"Racheter les maisons de tous ces types à la rue, finit pourtant par dire Catherine.

— Pardon ?

— Les banques ont récupéré ces biens sur lesquels elles avaient des hypothèques, lui expliqua-t-elle, mais que voulez-vous qu'elles en fassent ? Ça ne vaut plus rien. Elles ont tellement besoin de liquidités qu'elles les vendront pour une bouchée de pain, et comme le marché immobilier finira forcément par repartir, celui qui aura les moyens et le courage d'investir gagnera le jackpot. La bourse s'écroule, jeune homme, mais pas le capitalisme.

— Bien dit !

— Bravo !

— Bravissimo !"

Il y eut des applaudissements, puis les uns et les autres en profitèrent pour s'éclipser si bien que Catherine, sans savoir comment, se retrouva seule face à ce garçon qu'elle ne connaissait ni d'Eve, ni d'Adam.

"Vous êtes dans la finance ? lui demanda-t-il.

— Mon mari. Il est banquier.

— Et votre mari pense que c'est une solution de racheter ces biens ? l'attaqua-t-il. Moi pas. Sincèrement. Combien de temps croyez-vous que l'on pourra encore s'enrichir sur le dos des miséreux ? Combien de temps encore croyez-vous que vous pourrez marcher sur vos talons de quinze centimètres sans regarder ceux qui gisent à vos pieds ? Plus personne n'est ignorant, aujourd'hui, vous pétez à Londres et, dans la seconde, ça pue à Kinshasa, c'est ça le miracle d'Internet, alors quand tout se cassera la gueule, personne n'arrivera à tirer son épingle du jeu. Ni vous, ni moi, ni même le petit malin qui rachètera tout ce qui aujourd'hui ne vaut plus rien, comme vous l'a expliqué votre brillant mari ! Cette crise-là n'a rien à voir avec ce que l'on connaît. Ce n'est pas une crise financière, c'est une crise d'avidité. L'argent nous a tous rendus fous, madame.

— Sans doute, murmura Catherine, sans doute…" et elle aperçut alors son petit-fils en arrière-plan, toujours déguisé en léopard et le visage écrasé contre la porte, qui s'amusait maintenant à lécher la vitre. Il avait juste l'air d'un trisomique. Dès lors, elle cessa d'écouter ce que le garçon lui racontait. Elle s'enfila trois coupes à la suite puis, sans même se fendre d'une explication, se leva et disparut. Depuis l'escalier qui la menait au ponton inférieur, elle l'entendit qui répétait :

"L'argent nous a tous rendus fous, madame, fous à lier !", et elle eut la sensation que cette voix la poursuivrait toute sa vie.

Il lui fallut une dose d'alcool sacrément lourde et des mélanges audacieux pour commencer à se détendre. Par chance, à l'étage au-dessous, elle trouva sans trop chercher une espèce de bar anglais où personne ne viendrait la déranger. C'était une pièce qui semblait ne pas avoir été utilisée depuis des lustres. Elle servait de remise, des conserves ainsi que des paquets de riz, de pâtes, de farine et de sucre occupaient les rayonnages de la bibliothèque. Il y avait aussi du mobilier de jardin et des cartons entreposés en plein milieu. Catherine n'alluma pas la lumière. Elle s'enfonça dans un vieux fauteuil club et, pendant un long moment, contempla la boule à facettes accrochée au plafond. Ça lui avait toujours paru étrange, les gens qui aménageaient des discothèques dans leur maison. On pouvait penser à une salle de gym, une salle de jeu, une salle de cinéma, on pouvait penser à un sauna ou à un hammam – on pouvait même penser à une piscine – mais à une discothèque… Elle tenta un instant de se figurer la tête du type qui avait fait construire ce bateau, mais seul le visage de Jean-Pierre lui venait à l'esprit, alors elle se leva et passa derrière le bar. Elle se servit un verre de porto parce que ça lui rappelait sa grand-mère. Elle trouva ça mauvais et, pourtant, elle termina la bouteille au goulot ; il n'y avait plus qu'un fond. Ensuite, elle testa les autres bouteilles par petites gorgées, du whisky, du Baileys, de la liqueur de prune, on l'aurait pu lui tendre de l'éther qu'elle l'aurait bu aussi. Elle avait l'impression de devoir boire le plus vite possible et le plus de bouteilles possible, comme lorsqu'elle était gamine et qu'elle profitait de débarrasser la table pour finir les verres des invités.

Elle ne sut pas très bien par quel miracle et combien de temps plus tard elle se retrouva sur un ponton où des gens avaient improvisé une petite fête. Ces gens parlaient russe, anglais, italien, et Catherine se demanda d'où ils sortaient. Elle n'avait pas le souvenir de les avoir déjà croisés à bord. Ni nulle part ailleurs – d'ailleurs. Ils discutaient par petits groupes, certains étaient accoudés au bastingage, d'autres allongés sur des matelas, et Catherine, très digne, traversa l'espace jusqu'à la pointe où elle fit mine de contempler le large, mais la côte se mit alors à tanguer en même temps que la mer et elle préféra s'allonger. Elle tenta plusieurs fois de se relever, puis décida d'abandonner. Pourquoi lutter ? C'était si bon d'être saoule, si jouissif de pouvoir enfin trouver tout ça très drôle… Elle ferma les paupières et se laissa couler lentement, bercée par les rires des vieux fêtards qui l'entouraient. C'étaient les mêmes que jadis. Oui, exactement les mêmes, les mêmes blagues, les mêmes bêtises, à tel point que Catherine se demanda si elle n'était pas de nouveau en 1972, la plus belle année de sa vie – l'année de sa rencontre avec Jean-Pierre. Cette sensation étrange n'était pas nouvelle, Catherine l'éprouvait chaque été à Saint-Tropez, comme si ce petit port avait échappé aux lois du temps. La permanence des choses n'y était nulle part aussi forte, et c'était pour cette raison qu'elle aimait tant ce village. Mais pour combien de temps encore pourrait-elle en profiter ? *Cette crise n'a rien à voir avec ce que l'on connaît*, avait dit le jeune trader, *ce n'est pas une crise financière, c'est une crise d'avidité, tout va s'effondrer…* Etait-ce vraiment possible que tout s'effondre ? Etait-ce vraiment possible qu'il n'y ait plus de fêtes, plus de bateau, plus de maison, et que Jean-Pierre ne revienne jamais plus ? Catherine craignait maintenant de rouvrir les yeux et de se confronter à cette réalité, mais une bataille de champagne l'y obligea.

Elle ne vit que des magnums qu'on secouait dans tous les sens, des filles qui se cachaient derrière leur paréo et d'autres sous les banquettes, de la mousse plein le sol. Elle courut se réfugier derrière une rangée de défenses. Le sang affluait violemment à ses tempes, et elle s'attrapa la tête. C'est alors qu'elle remarqua Fanny qui était accroupie à quelques mètres. Fanny la regardait en souriant. Elle semblait bien déchirée, elle aussi. Ses lèvres remuaient doucement, on aurait dit qu'elle voulait dire quelque chose, mais qu'elle n'en avait pas la force. Puis la métisse se mit à rire et lui envoya un baiser, elle posa ses deux mains à plat sur le sol, exactement comme si elle s'apprêtait à réaliser une série de pompes, quand son visage vint subitement lécher le teck brûlant. Catherine n'en crut pas ses yeux. C'était la première fois qu'elle voyait quelqu'un prendre de la cocaïne. Elle, elle n'avait jamais eu le courage d'essayer. Sans doute parce que l'occasion ne s'était pas présentée dans sa jeunesse et qu'à son âge sniffer lui paraissait obscène. Elle pouvait encore montrer ses seins, ne pas mettre de culotte, danser jusqu'au bout de la nuit et même boire, boire au point de ne plus tenir debout, mais coller son visage à terre comme le dernier des chiens lui semblait juste impossible. Il fallait avoir la vie devant soi pour faire ce geste-là… Et pourtant, Fanny paraissait si vieille, tout à coup. Quand elle avait inspiré, des rides s'étaient formées entre ses sourcils, et ses petits seins, d'ordinaire si fermes, pendouillaient telles deux crêtes de coq au-dessus du sol. Le spectacle de cette femme de soixante ans, à poil et à quatre pattes en train de sniffer de la coke lui donna le vertige. Sans savoir pourquoi, elle pensa à sa fille, à ce jour affreux où devant tout le monde, simplement parce qu'elle dansait sur une table, sa fille lui avait dit *maman, il y a un âge pour tout*. Fanny ressemblait maintenant à un lapin pris dans les phares d'une voiture. Elle avait relevé la tête, et ses yeux injectés de sang transpiraient une panique insensée, une panique contagieuse qui fit fuir Catherine. Elle quitta le ponton en courant presque, renversa le verre d'un type dont le sourire l'effraya, puis s'engouffra dans un escalier. Celui-ci débouchait sur le deuxième pont. Elle ne savait plus où elle se trouvait. Elle tituba jusqu'au bastingage et quand elle vit la mer, à plusieurs dizaines de mètres sous ses pieds, elle crut qu'elle allait être malade. Alors elle se remit à courir, grimpa une nouvelle volée de marches et, à l'étage au-dessus, poussa la première porte qui s'offrait à elle. Une porte parmi tant d'autres, au hasard, mais le hasard voulut que ce soit la cabine qu'avaient choisie Diane et Massimo pour s'envoyer en l'air. Oui, Diane et Massimo baisaient dans la pénombre, elle ne rêvait pas, ils baisaient à la va-vite, comme des lapins, comme des chiens, ils baisaient tout habillés debout contre le hublot, absolument sans grâce et sans amour, ils baisaient mais on aurait dit qu'ils se masturbaient, en vérité, et la tristesse de ce tableau acheva Catherine : elle eut à peine le temps de refermer la porte qu'elle dégueula tout son saoul.

Le parfum de l'herbe fraîchement coupée se mêlait aux notes de jasmin et de lavande qui emplissaient l'air à la venue du soir. Wojciech avait tondu le gazon, puis il s'était appliqué à égaliser les bords aux ciseaux, laissant une fine bande de terre encadrer la pelouse comme dans les jardins nationaux. Cette marge brune faisait maintenant ressortir le vert de manière éclatante, et il était difficile d'imaginer que la main d'un homme était à l'origine d'une telle perfection. Les orangers du Mexique, taillés en cubes telles de petites maisons, bordaient très élégamment la piscine. Plus haut, là où le terrain devenait pentu, les plumbagos prenaient le relais, puis venaient les agapanthes et, enfin, les pieds de lavande. Du bleu ciel au bleu parme, ces fleurs semblaient n'avoir été plantées que pour se marier à la mer qui, d'heure en heure, changeait de teinte. Et sur la façade exposée à la baie, grimpaient, comme en écho, des trompettes violacées qui venaient se noyer dans la glycine de la tonnelle. Si la paix devait avoir un visage, elle aurait sans doute choisi cette maison. C'était le genre d'endroits qui ne pouvaient pas mourir, le genre de lieux où l'on se disait, dès qu'on y mettait les pieds, qu'ils existaient de toute éternité. Et pourtant, qui savait ce que deviendrait cette maison ? Pour l'heure, elle se partageait entre Catherine et Jean-Pierre, telle une enfant de divorcé, le mois de juillet pour l'un, le mois d'août pour l'autre. Mais lorsqu'ils divorceraient pour de bon ? Lorsque leurs avocats se disputeraient leurs intérêts respectifs, lorsque viendrait le moment de parler d'argent, qu'adviendrait-il de cette maison ? Elle était toute leur vie, toute leur histoire, cette maison… Juste après leur mariage, ils avaient d'abord acheté un terrain, sur ce terrain, ils avaient fait construire une bâtisse, à cette bâtisse ils avaient ajouté une première aile, puis quelques années plus tard une seconde, il avait fallu obtenir des permis, du COS, des autorisations, cela avait pris trente ans, le temps qu'avait duré leur couple, mais maintenant leur couple était mort et la maison orpheline. Qu'allait devenir cette maison ? Ce qui était sûr, c'est qu'Adèle n'en hériterait pas. Si elle avait travaillé avec son père, peut-être aurait-elle eu cette chance, Jean-Pierre la lui aurait léguée au même titre que l'entreprise, mais Adèle avait choisi une autre voie. La voie de Vincent. Elle n'aurait donc aucun espoir de posséder un jour cette maison. Parce que cette maison n'était pas une maison de famille. C'était une maison de réception, de magazines, de fonction, c'était une maison qui n'avait servi qu'à accueillir les maîtresses et les clients de Jean-Pierre, à le rendre chaque année un peu plus puissant, un peu plus distant, c'était une maison qui leur avait fait grimper l'échelle sociale à toute vitesse, qui leur avait fait gagner dix, quinze, peut-être même vingt ans, c'était une maison grâce à laquelle ils avaient rencontré des Importants, mais la plupart du temps des pique-assiettes, des envieux, des médisants, et c'était au sujet de cette maison qu'ils s'étaient le plus souvent disputés, parce qu'il y avait toujours quelque chose qui ne fonctionnait pas, dans cette putain de maison, parce qu'elle leur coûtait des fortunes, parce qu'elle les rendait fous. Complètement fous…

L'avion s'apprêtait à décoller. A travers le hublot, Adèle regardait le soleil se coucher sur l'Afrique, cette terre couleur de paille que les effluves de kérosène rendaient floue, et elle se demandait si cette crise pourrait sauver sa mère. C'était raisonnablement possible. Oui, c'était possible que Jean-Pierre n'ait plus les moyens de posséder cette maison et qu'il soit obligé de la vendre. C'était possible qu'il la confie au meilleur agent immobilier de la presqu'île et que celui-ci la fasse visiter à ses meilleurs clients, des Anglais, des Russes, des Libanais, mais peut-être serait-ce un prince koweïtien, va savoir, qui au final l'emporterait ? Alors, Jean-Pierre serait de nouveau très riche, aussi riche qu'avant la crise, et, avec sa nouvelle compagne, il se mettrait en quête d'une nouvelle maison, plus belle, plus grande, plus haute sur la colline, tandis que le prince koweïtien, lui, s'installerait sur la terrasse en compagnie de sa princesse et de ses amis. Le prince koweïtien resterait pendant des heures à contempler la vue, et, à son tour, il se dirait que, si la paix devait avoir un visage, ce serait celui de cette maison. Quant à Catherine, elle serait immensément triste de se séparer de cet endroit, mais elle pourrait enfin tourner la page. Oui, enfin tourner la page… pria sa fille lorsque l'avion décolla du tarmac de Kinshasa.

"Un œuf à la coque et des pommes sautées, ça te va ?"

Lucas fit signe que oui. Catherine donna un léger coup de coude pour refermer la porte derrière elle, puis vint déposer le plateau sur le lit. Elle portait sa robe de chambre en soie marine ainsi qu'un foulard roulé sur le front qu'elle avait noué à l'arrière de son crâne. Ça lui donnait un faux air de karatéka que Lucas trouva vraiment super. En vérité, Catherine s'était juste flanqué sur les tempes un tissu imbibé de vinaigre. C'était ce que faisait son père quand il avait mal à la tête, et elle ne se souvenait pas d'avoir déjà souffert d'une migraine pareille. La douleur l'éprouvait depuis qu'ils étaient rentrés de cette maudite journée en mer, elle ne savait même plus comment se mettre.

"Allez vas-y, mange", murmura-t-elle en se dirigeant vers les lavabos posés comme des bols sur un plan en pierre. Elle plongea son visage dans l'un d'eux et s'aspergea d'eau glaciale, puis elle avala deux Doliprane et alla s'étendre auprès de son petit-fils. Le fait de s'immobiliser décupla un instant sa souffrance. Elle sentit le sang affluer à ses tempes, cogner les parois internes de son cerveau comme si son cœur s'y trouvait, et tout son visage se paralysa. Elle crut qu'elle allait tourner de l'œil, mais, au bout de quelques minutes, la douleur devint à nouveau supportable.

"Allez, Lucas, mange, répéta-t-elle.

— Et toi ?

— Et moi quoi ?

— Tu vas sortir avec Diane ?

— Est-ce que j'ai l'allure de quelqu'un qui va sortir ? Et pourquoi tu me parles de Diane, d'abord ? Est-ce que je sais seulement où elle est passée ? Elle a dû rester sur ce bateau, de toute façon, je ne veux plus en entendre parler…

— T'es fâchée ? C'est plus ta copine ?

— C'est ça, c'est plus ma copine. Si tant est que ça l'ait déjà été ! Je la déteste ! Allez mange !

— Et toi ?

— Et moi quoi, nom de Dieu ?!

— Toi, tu manges pas ?

— Oh non, par pitié, ne me parle ni de manger ni de boire ! Si tu savais tout ce que j'ai bu… Chouquette a bu comme un trou, mon chou ! Comme un trou, mais faut le dire à personne, d'accord ?

— Même pas à maman ?

— *Surtout pas* à maman ! Ta maman est formidable… formidable, vraiment, mais… comment dire… Elle est tellement pas rock'n'roll !

— Ça veut dire quoi, «rock'n'roll» ?" demanda Lucas.

Il fixait les yeux de sa grand-mère en espérant qu'elle allait les rouvrir, mais Catherine en était tout simplement incapable. Tout tournait bien trop vite.

"Rock'n'roll, répéta-t-elle avec délectation. Qu'est-ce que ça veut dire, quelqu'un de rock'n'roll ?" Eh bien disons que c'est quelqu'un de… d'ouvert d'esprit… de libre… de jeune, oui, c'est ça, c'est exactement ça : qui est jeune est rock'n'roll !"

Un bon quart d'heure s'écoula sans que Lucas ne dise un mot. A ses côtés, Catherine respirait bruyamment. Elle faisait gonfler son diaphragme, et il pensa qu'elle s'était endormie. Sur l'écran de télévision, la fille de la météo pointait du doigt des soleils en répétant qu'il allait faire horriblement chaud. Lucas entama son œuf à la coque, mais ne toucha pas aux pommes sautées. Il ne les aimait pas lorsqu'elles avaient refroidi, et puis cette histoire de rock'n'roll l'embarrassait autant qu'un problème de mathématiques. Comment distinguer ceux qui l'étaient de ceux qui ne l'étaient pas ? Comment être sûr de ne pas se tromper ? Une question le démangeait et il finit par la poser :

"Et les vieux, ils sont quoi ?"

Catherine sursauta :

"Quoi ?

— Et-les-vieux-ils-sont-quoi ?! répéta Lucas un ton au-dessus.

— Ben… les vieux, ils sont vieux !" rétorqua Catherine aussi fort.

Le Doliprane commençait à faire effet, si bien qu'elle se redressa.

"T'as quel âge ? l'interrogea Lucas.

— J'ai soixante-quatre ans.

— C'est vieux, soixante-quatre ans ?

— C'est plus tout jeune.

— Alors ça veut dire que tu vas bientôt mourir ? Tu vas mourir dans combien d'années, Chouquette ?

— Je ne sais pas, Lucas. Personne ne sait quand il va mourir."

Ils restèrent un moment à se regarder droit dans les yeux, puis il lui demanda si elle avait peur. Elle aurait voulu lui dire non. Elle aurait voulu le rassurer, lui raconter le genre de conneries que les adultes débitent aux mômes à propos du ciel pour les tenir à l'abri des cauchemars, mais la simplicité avec laquelle il avait posé sa question appelait une réponse sincère. Et pour être tout à fait sincère, sa propre mort la faisait totalement flipper.

"T'as peur de mourir ?" insista Lucas.

Dans ses yeux clairs, elle aperçut son corps mis en bière, des fleurs, des cierges et puis un joli cimetière, elle vit son cercueil qui descendait par à-coups dans le caveau, pas un cercueil, *son* cercueil, oui, son cercueil à elle et elle à l'intérieur, elle qui ne pouvait plus ni bouger, ni parler, ni respirer, elle qui étouffait et qui se faisait bouffer par les vers, elle qu'on abandonnait dans la nuit noire d'un jour de décembre, à jamais seule face au néant.

"Je t'aime…" murmura-t-elle sans qu'aucun son ne sorte de sa bouche. Et pourtant, Lucas vint se lover contre elle comme si elle avait hurlé ces mots. Alors Catherine replia son bras sur le corps blotti contre elle de son petit-fils, et elle se mit à pleurer en silence. Elle n'était pas triste, pas vraiment émue non plus, juste sous le choc de ce contact physique qu'elle n'avait pas anticipé. Cela faisait tellement longtemps que personne ne l'avait touchée et qu'elle n'avait touché personne… Elle ne savait plus ce qu'était une caresse, un baiser, ni même une poignée de main. De qui serait-elle encore la main ? Ses médecins seulement, voilà pourquoi elle en consultait tant et si souvent. Oui, maintenant que Lucas avait sa tête posée sur sa poitrine, tout devenait clair, Catherine comprenait pourquoi elle allait chaque mois voir tant de docteurs, elle allait les voir parce qu'ils la touchaient, parce qu'ils la touchaient au sens propre du terme, *physiquement*, et que vivre dans la solitude de la chair n'était pas humainement supportable.

La télévision diffusait *Intervilles*. Mont-de-Marsan contre Tarbes. Un type luttait vaillamment pour garder son équilibre au milieu d'un océan pneumatique et Lucas se mit à rire, ce qui fit pleurer Catherine de plus belle. Elle ne savait pas vraiment pourquoi elle pleurait, mais elle n'arrivait pas à s'arrêter. Ça lui faisait du bien de pleurer, ça lui faisait un bien fou, dans sa tête elle se disait j'ai encore trop bu, je n'arriverai jamais à m'arrêter de boire et pourtant c'est à cause de ce vice que Jean-Pierre m'a quittée, parce que je buvais comme un trou, parce que je buvais du matin au soir, je détestais ça mais je me forçais, je buvais pour pouvoir rire quand il me trompait, si Jean-Pierre avait cessé de me tromper, j'aurais cessé de boire, se disait-elle maintenant, mais maintenant il est avec une fille qui boit quatre litres de thé vert par jour et moi je suis seule avec ma bouteille de pinard, maintenant il ne m'aime plus, maintenant ma fille me déteste et je regarde *Intervilles* avec mon petit-fils en pleurant comme une madeleine… C'était cette émission aussi qui la rendait affreusement nostalgique. Elle lui rappelait tellement son enfance, les étés de son enfance en Normandie quand chaque soir après le dîner, avec son père et son frère Paul, elle s'installait devant l'écran de la Sonneclair et que les villes de France se disputaient des batailles commentées par Guy Lux. Tous les ans, ses parents louaient le même appartement, un petit deux-pièces qui appartenait à une vieille tante un peu radine et qui leur octroyait une ristourne en disant : "C'est bien parce que c'est vous !" Il pleuvait souvent dans ce coin de la France, mais leur père ne refusait jamais de les sortir. Il les emmenait sur les plages du Débarquement où il leur apprenait à ramasser les couteaux et les conques, en milieu d'après-midi, une éclaircie trouait le ciel, alors ils s'allongeaient dans le sable boueux avec leur ciré jaune et les rayons les éblouissaient. Leur père disait qu'il faisait aussi beau qu'en Méditerranée. Leur mère, elle, préférait jouer au bridge avec ses amies ou bien claquer sa paie au casino, une espèce d'énorme meringue dressée sur le front de mer qui les faisait fantasmer.

Le soir, ils se retrouvaient tous les quatre à l'appartement, et c'était toujours le même rituel, leur mère s'installait sur le balcon pour s'épiler les sourcils qu'elle avait aussi fins que Marlène Dietrich, tandis que leur père se mettait aux fourneaux. Il mijotait le seul plat qu'il ait jamais su faire, des pâtes à l'ail en criant comme un rital, ajoutant des *i* à la fin de chaque mot et répétant *ma que ?* toutes les deux phrases. Il n'était pas vraiment drôle, mais Paul et Catherine riaient aux larmes, ce qui finissait toujours par exaspérer leur mère. Leur mère priait alors froidement son mari de changer de registre, avec ce mépris dans la voix qui le transformait aussitôt en clown triste, ou bien elle lui disait carrément qu'il était lourd et le silence tombait sur le salon comme une malédiction. Peut-être avait-elle un amant ? Un Italien, un vrai, auquel elle rêvait pendant ses longs moments d'absence… Elle tuait le temps en contemplant les étoiles et en fumant des cigarettes américaines, Catherine n'avait pas à se battre pour prendre sa place sur le divan. Chaque soir, elle s'installait à la droite de son père et flanquait son petit Paul sur ses genoux, tandis que, sur l'écran de la télévision, s'affrontaient les mêmes villes qu'à présent. Sauf qu'à présent Guy Lux était mort et que Catherine n'avait plus aucune nouvelle de son frère… Ils s'étaient brouillés quarante ans plus tôt, lorsqu'elle lui avait annoncé son mariage avec Jean-Pierre et qu'il lui avait prédit une vie de merde. Elle n'avait plus voulu le voir, par respect pour son mari, mais c'était à son mari que désormais elle en voulait. Jean-Pierre l'avait si peu respectée…

"Je peux changer ?" demanda-t-elle à Lucas.

Elle dirigea la télécommande vers le téléviseur et fit défiler les chaînes. Aucun programme ne semblait valable. Elle s'arrêta une seconde sur la chaîne info, eut juste le temps de voir que les principales monnaies ne valaient plus rien et zappa de nouveau. Elle tomba sur *Peau d'Ane*, ça lui alla très bien.

"Elle te ressemble, dit Lucas.

— Pardon ?

— La dame, là, je trouve qu'elle te ressemble.

— Catherine Deneuve me ressemble ? répéta Catherine qui n'était pas certaine d'avoir bien compris.

— Ouais… confirma Lucas en se penchant pour attraper le cadre en argent posé sur la table de nuit. Regarde, elle a les mêmes cheveux que toi."

Catherine prit le cadre dans ses mains. C'était une photo de son mariage, en noir et blanc, où elle posait avec Jean-Pierre sous une pluie de riz, probablement à la sortie de la mairie. Elle portait une longue robe de mousseline chair, très simple, le genre de robe à la mode dans les années 1970, et Lucas n'avait pas totalement tort : dans ce costume, elle ressemblait un peu à Peau d'Ane. Elle possédait la même silhouette longiligne, ses cheveux blonds lui tombaient jusqu'aux reins et, de son visage, transpirait une douceur identique. Mais c'était Jean-Pierre que Catherine disséquait maintenant. Le physique de Jean-Pierre la fascinait. Elle avait oublié combien il était beau… Il était d'une beauté diabolique, on aurait dit un fauve avec ses cheveux de jais et ses yeux jaunes… Catherine posa son index sur le verre et, tout doucement, suivit les contours de son visage. Elle descendit ensuite le long de son cou, puis traversa son torse jusqu'à sa ceinture.

"Tu l'aimes encore, Gepetto ? demanda Lucas.

— Je ne sais pas, répondit Catherine. Je ne sais plus."

Il attendit un moment avant d'enchaîner, comme s'il voulait lui laisser le temps d'en dire davantage.

Mais Catherine se taisait. Elle paraissait totalement perdue.

"Maman, elle pense que tu l'aimes trop, reprit-il alors. Elle dit qu'il n'y a que lui qui compte et que c'est pour ça que tu n'es pas une vraie grand-mère.

— Maman t'a dit ça ? demanda Catherine d'une voix blanche.

— Elle parlait avec papa, dans la voiture, ils croyaient que je dormais. Elle a même pleuré parce qu'elle trouve que, Chouquette, c'est vraiment trop ridicule.

— Ridicule… Et toi ?

— Moi quoi ?

— Toi aussi, tu trouves ça ridicule ? Tu aimerais m'appeler comment ?

— Euh… je sais pas…

— Tu aimerais m'appeler mamie ?

— Je m'en fiche."

A nouveau, les larmes lui montèrent. Elle ne fit rien pour les retenir. Elle n'essaya pas non plus de contrôler ses lèvres qui tremblotaient comme deux petites feuilles. Elle attrapa simplement les bras de son petit-fils, puis elle approcha son visage au plus près du sien et, d'une voix brisée, elle murmura :

"Eh bien tu sais quoi ? Moi aussi, je m'en fiche. Tu peux m'appeler Chouquette, mamie, ou bien mamie Chouquette, tu peux m'appeler comme tu veux, Lucas, l'essentiel, c'est que tu m'appelles. Est-ce que tu m'appelleras quand tu rentreras chez toi ? Moi, je te téléphonerai, je te le promets, je viendrai te chercher à l'école aussi, je t'emmènerai au cirque, au zoo, au jardin, je t'emmènerai en vacances, je t'emmènerai en Afrique, en Amérique, tu verras, Lucas, nous ferons plein de choses tous les deux, nous n'avons rien fait encore, rien de rien, il nous reste tant de choses à faire ensemble…"

Personne ne l'avait vue rentrer, personne ne l'avait entendue non plus, et ses volets étaient toujours fermés. Y avait-il une chance qu'elle dorme encore ? A midi ? Non, c'était parfaitement impossible. Diane n'était pas le genre de femme à traîner au lit, et puis Catherine se souvenait qu'elle s'était plainte de souffrir d'insomnie. Par conséquent, si elle avait passé la nuit ici, elle se serait forcément déjà manifestée. Elle serait descendue boire son café, elle aurait lu son journal. Même sur une île déserte, même à l'autre bout du monde, Diane ne pouvait pas se passer de lire le journal. Le premier jour, elle avait d'ailleurs donné à Wojciech un petit billet pour que, chaque matin, il n'oublie pas d'aller le lui acheter. Midi dix, et sur la table du petit-déjeuner, sa tasse était encore propre, son journal non déplié. Personne ne l'avait vue rentrer, personne ne l'avait entendue non plus, ses volets étaient toujours fermés. Catherine faisait les cent pas autour de la piscine en gardant les yeux rivés sur ces putains de volets fermés. Maintenant, elle avait la conviction que cette chambre était vide, que Diane n'était pas rentrée, que Diane avait découché. Et elle la revoyait baiser avec son Italien, non plus debout contre un hublot dans la pénombre d'une cabine, mais sur la plage, à l'arrière d'une bagnole, sur la moquette élimée d'une chambre d'hôtel qui lui laisserait de grandes traces rouges sur le dos. Ces images ne voulaient plus la lâcher, et ce n'était bientôt plus Massimo qui la faisait jouir, mais Jean-Pierre, Jean-Pierre qui pendant ces sept années d'adultère ne l'avait plus touchée et qui, depuis, l'avait quittée. Catherine sentit monter en elle la vieille haine qu'elle avait jadis éprouvée pour la maîtresse de son mari. Une haine viscérale, à point mûrie, et qu'elle ne pouvait désormais plus contenir.

"Tu vas où ? lui demanda Lucas.

— Je reviens. J'ai une petite chose à régler, je reviens tout de suite."

Catherine laissa son petit-fils au bord de la piscine, grimpa l'escalier creusé dans la rocaille qui menait à la terrasse, puis disparut à l'intérieur de la maison. Les deux Philippines se trouvaient dans l'entrée. Elles étaient en train de transporter un vase de lys Casablanca, mais Catherine ne les vit même pas. Elle se dirigea vers le grand escalier et gagna le premier étage. Elle avait décidé de faire les valises de Diane et de les lui déposer devant le portail. Elle ne voulait plus que cette femme remette un pied chez elle. Elle ne voulait plus la voir. Plus jamais. Elle ne voulait plus jamais entendre parler d'elle.

Elle ouvrit la porte de la chambre et, contre toute attente, elle trouva Diane étendue à même le sol, au pied du lit, dans l'obscurité la plus complète. Elle s'était tellement attendue à pénétrer dans une pièce vide que cette découverte la paralysa. Pendant plusieurs secondes, elle demeura sur le seuil à contempler ce corps replié sur lui-même à la manière d'un fœtus. Le dos tremblotait légèrement, et du côté de la tête pourtant enfouie entre les bras, s'échappaient comme des sanglots qui ressemblaient à une longue litanie. *Souffrance*, pensa Catherine, *quelle souffrance se dégage de cette femme*. C'était la seule pensée que son cerveau parvenait à construire. Et d'ailleurs, elle eut le réflexe de se pencher pour la prendre dans ses bras, mais elle se réfréna aussitôt. Elle ne se ferait plus avoir. Diane l'avait bernée pendant des années, maintenant c'était terminé. Maintenant, elle n'avait plus peur de perdre Jean-Pierre. Alors pour quelle raison Diane pleurait-elle ? Parce que son bel Italien n'avait finalement pas voulu quitter sa femme ? Parce qu'il avait remonté son froc en lui promettant de la rappeler et qu'à cinquante-cinq balais elle s'était fait jeter comme lorsqu'elle en avait vingt ? C'était pour ça que Diane pleurait ?

"Tu n'as donc toujours rien compris, dit Catherine. Tu as passé ta vie à t'envoyer en l'air avec les maris des autres, à ruiner des couples, des familles, à faire le mal autour de toi, tu as passé ta vie dans l'ombre, Diane, à n'être rien d'autre qu'une maîtresse, mais tu n'as toujours pas compris. Relève la tête. Regarde-moi. Aie au moins le courage de me regarder quand je te parle ! Aucun homme ne quittera sa femme pour toi, aucun, tu m'entends ? Tu n'es pas une femme pour laquelle on quitte quoi que ce soit, tu es une poupée dont les hommes se servent pour se divertir, tu es une chose, un jouet, tu es une pute, Diane Van Keler ! Tu n'as rien d'une femme libre, contrairement à ce que tu revendiques, tu es même tout l'inverse, car ce n'est pas écarter les jambes qui fait qu'une femme est libre, mais faire des choix, s'engager, prendre des risques ! Et quels risques as-tu pris, toi, dans ta vie ? Quels risques, à part acheter des hôtels particuliers une misère pour les revendre une fortune ?! Tu ne t'es jamais mise en danger, Diane. Même avec Jean-Pierre, tu ne t'es pas mise en danger et, pourtant, c'était peut-être le seul homme que tu aies jamais aimé… As-tu dit à Jean-Pierre que tu l'aimais ? Réponds-moi quand je te parle. Lui as-tu demandé de me quitter ? Lui as-tu demandé de venir vivre chez toi, de te faire un enfant ? Non. Tu n'as rien demandé du tout. Tu avais trop peur de devenir comme moi, tu préférais cent fois ne le voir qu'un soir par semaine, plutôt que l'entendre un jour te demander ce qu'il y avait à bouffer pour le dîner. Toi, tu ne voulais jamais devoir faire à dîner ! Tu voulais rester une femme libre ! Mais tu crois vraiment que tu étais libre, Diane ? Alors moi je vais te le dire, tu as confondu liberté et égoïsme. Tu n'as jamais été rien d'autre qu'une putain d'égoïste, voilà la vérité, et c'est pour cette raison que tu ne t'es pas mariée et que tu n'as pas eu d'enfants. Pourquoi tu pleures ? Ça ne sert à rien de pleurer maintenant. C'est trop tard pour pleurer !"

Diane sembla enfin l'entendre, car elle cessa de gémir, son dos s'arrêta lui aussi de trembler, et un pesant silence s'installa dans la chambre. Catherine vit alors Diane poser ses deux paumes sur le sol et se déplier tel un animal. Ses reins se creusèrent, sa poitrine se redressa, doucement, tout doucement, puis sa nuque commença à se relever et sa tête se décolla enfin du sol. On aurait dit qu'elle retardait l'instant de planter ses yeux dans ceux de Catherine, comme si ses yeux devaient annoncer quelque chose d'important, de solennel. Catherine n'aurait su dire, mais ce qu'elle découvrit dans le regard de Diane, elle ne l'avait aperçu que très rarement dans sa vie. C'était quelque chose de plus profond que la tristesse, de plus lourd que le chagrin ou le désespoir, c'était quelque chose qui dépassait l'entendement des hommes et qui lui ôta l'envie de poser la question. Une poignée de secondes s'écoula, puis Diane s'essuya la joue et, d'une voix qui semblait être celle d'une autre, elle dit :

"Ma mère est morte."

Après le départ de Diane pour Sainte-Maxime, Catherine et Lucas s'étaient installés à la grande table de la cuisine. Catherine avait décidé d'apprendre à son petit-fils à éplucher les gousses d'ail, sans doute parce que c'était une des choses que son père lui avait enseignées et que, un demi-siècle plus tard, elle s'en souvenait encore. Elle voulait que Lucas se souvienne. Elle savait que les traits de son visage finiraient par s'effacer de sa mémoire, exactement comme ceux de son père s'étaient effacés de la sienne, qu'aucune photographie ne la ranimerait et qu'au fil du temps elle ne serait plus qu'un nom dans ses conversations. Sa voix et son parfum sombreraient dans le néant, son grain de peau, la couleur de ses maillots de bain, il ne resterait plus rien, ni le cliquetis de ses bracelets, ni le mouvement de ses jupons, Lucas oublierait tout, son impatience, ses absences, son égoïsme, il oublierait sa tendresse aussi, ses câlins, ses baisers, ses cadeaux d'anniversaire, mais il n'oublierait jamais comment éplucher une gousse d'ail. Naturellement, il coincerait la tête entre ses deux paumes, il la comprimerait en faisant pivoter ses mains et ses doigts remueraient telles les ailes d'un oiseau. Alors la spathe se déchirerait, et il n'y aurait plus qu'à déshabiller les caïeux de leur enveloppe, un par un, avec les dents. C'était ainsi qu'on épluchait l'ail dans cette famille. Sans couteau. Rien qu'avec les mains et les dents. Ce geste qui avait jadis appartenu à son père deviendrait celui de Lucas, il s'inscrirait en lui tel un gène, et ce serait dans ce gène que Catherine continuerait d'exister. Comment déjouer la mort autrement, de toute façon ? Nous léguons des bijoux, des tableaux, des châteaux, nous romançons nos vies, des centaines et des centaines de pages pour nous raconter, pour laisser une petite trace, mais, au bout du compte, même les grands hommes finissent par n'être plus qu'un nom de rue. Nos descendants sont notre seule mémoire. Nos descendants sont la vie et la vie seule peut se souvenir. Nos enfants ne nous enterrent pas, ils nous prolongent. Nous le pressentons dès qu'ils poussent leur premier cri, et nos larmes coulent et notre joie n'a pas d'égale, mais ils grandissent vite, ils acquièrent des goûts et des idées, ils nous échappent, ils nous jugent, alors nous oublions qu'ils sont les nôtres, nous les traitons comme nos semblables et nous nous mettons à les détester, nous leur en voulons de prendre notre place, parfois même nous leur tournons le dos, parce qu'il nous reste si peu de temps et que le désir de vivre nous rend fous, nous disons *je veux profiter, je veux jouir, je veux continuer d'exister*, et tous ces mots nous donnent l'illusion d'être immortels, et nous oublions que l'histoire est en marche, que les jours coulent entre nos doigts comme l'eau dans la clepsydre, que, entre la mort et nous, il n'y a que nos enfants.

Le père de Catherine, lui, ne l'avait pas oublié. *Je suis éternel*, lui avait-il dit sur son lit d'hôpital, *je ne vous ai pas donné de poissons, mais je vous ai appris à pêcher, voilà pourquoi je suis éternel…* Catherine avait souvent réfléchi à cette phrase sans vraiment en comprendre le sens, mais, maintenant qu'elle effectuait pour son petit-fils les gestes que son père avait jadis accomplis pour elle, le mystère se dissipait. Son tour était venu d'enseigner la pêche. Elle sentait la spathe de l'ail se fendre entre ses paumes, elle contemplait l'oiseau que l'ombre de ses mains faisait voler sur la grande table en bois, et ce n'étaient plus les siennes, mais celles de son père, oui, son père était revenu à travers elle, il montrait à Lucas comment libérer les caïeux de la tête, Lucas dont les petites mains tentaient désespérément de voler, et maintenant Catherine ne pouvait détourner son regard de cet oisillon, il lui rappelait tellement la petite fille de Normandie, la petite fille à bout de souffle, courant telle une dératée derrière son frère sur les plages du Débarquement… Cette petite fille-là n'était donc pas morte, elle continuait d'exister quelque part, entre les mains d'un autre enfant, dans ces battements d'ailes maladroits, et Catherine avait le sentiment que le temps s'était arrêté, qu'elle-même se dissolvait, un peu dans l'oiseau, un peu dans l'oisillon, qu'il n'y avait plus que son père et son petit-fils, le passé et l'avenir dans un présent qui déjà lui échappait…

La sonnerie du portail venait de retentir. C'étaient Adèle et Vincent. Ils étaient parvenus à avancer leur retour, et ils avaient décidé de faire une surprise à leur fils. Mais leur fils ne fut pas surpris. Leur fils était trop jeune pour être surpris, il ne possédait pas encore vraiment la notion du temps, que ses parents s'absentent une semaine ou bien dix jours ne changeait rien. C'était pour Catherine que cela changeait tout, signe sans doute qu'elle avait vieilli… Debout sur le perron, la main en visière, elle les regarda garer leur voiture, en sortir, puis remonter la longue allée de gravillons et, jusqu'à ce qu'ils fussent devant elle, elle se demanda s'il s'agissait bien de sa fille et de son gendre. Vincent vint le premier l'embrasser. Elle lui tendit les joues, tel un automate. Puis ce fut le tour d'Adèle. Adèle s'excusa de n'être pas rentrée plus tôt. Elle lui expliqua qu'au fin fond de l'Afrique il leur avait été impossible de trouver une agence de voyages, qu'ils avaient dû prendre l'hélicoptère jusqu'à Kinshasa, que, pour changer leurs billets, ils avaient poireauté pendant des heures et qu'elle était désolée, sincèrement désolée de lui avoir imposé Lucas.

"Ne le sois pas, murmura Catherine. C'était bien… C'était très bien…"

Elle aurait voulu en dire davantage, mais elle sentait qu'un mot de plus l'aurait brisée. Et Vincent dut le sentir aussi, car il s'empressa d'entraîner son fils à l'intérieur. Adèle et Catherine restèrent donc toutes les deux sur le perron. Un instant, leurs regards se cherchèrent sans se trouver, puis se sourirent. Catherine en ressentit une joie profonde. Elle eut tout à coup la sensation de retrouver sa petite fille, l'intimité qu'elles partageaient jadis, et, même si ce n'était qu'un moment, elle voulut croire qu'il durerait toujours. Alors elle lui prit la main, et ce geste qu'elle n'avait pas fait depuis des années les mit toutes les deux un peu mal à l'aise. Mais elles firent semblant de rien et, comme autrefois, elles descendirent les marches, puis se dirigèrent vers le portail. Wojciech ne l'avait pas refermé. Le soleil couchant incendiait la mer à l'horizon, tandis que le chemin caillouteux qui serpentait entre les pins parasols était déjà dans l'ombre. Si elles se dépêchaient, elles rejoindraient la plage avant la nuit… Catherine se mit alors à raconter ce qu'elle avait fait pendant ces trois jours avec Lucas. Ce n'était peut-être pas ce qu'une grand-mère devait faire avec son petit-fils, mais tant pis, elle ne voulait plus se mentir, plus jamais, ni mentir aux autres, ni se mentir à elle-même.

Elles arrivèrent enfin sur la plage, retirèrent leurs chaussures et s'assirent en tailleur face à la mer. La baie des Canebiers ressemblait aux eaux calmes du lac Tanganyika. Le soleil y descendait rapidement, laissant dans l'ombre les voiliers et les yachts qui filaient vers le port.

"Pourquoi êtes-vous rentrés plus tôt ? demanda Catherine.

— Je ne sais pas… dit Adèle. Je ne voulais pas t'encombrer trop longtemps avec Lucas… Je savais que papa allait arriver… Il arrive quand ?"

Catherine laissa passer de longues secondes avant de répondre, puis, sans jamais quitter des yeux l'horizon, elle annonça à sa fille qu'elle allait divorcer.

"Oui, je vais divorcer, répéta-t-elle. J'ai appelé notre avocat ce matin, et je lui ai demandé d'engager les démarches nécessaires."

Adèle avait prié toute son enfance pour que ce jour arrive enfin, elle avait désiré la séparation de ses parents du plus profond de son âme, parce qu'elle les aimait infiniment et que les voir s'aimer si peu était trop dur, mais, maintenant que son vœu le plus cher se réalisait, elle se sentait aussi perdue que si elle avait eu l'âge de Lucas. Alors elle se mit à pleurer comme une enfant et Catherine, à la consoler comme une maman. Car c'était ce qu'elles étaient l'une pour l'autre, et, quoi qu'il advienne, cela ne changerait jamais. Rien d'important ne changeait jamais, en vérité. Les êtres humains pouvaient faire un petit bout de chemin ensemble, s'aimer, s'unir, puis se quitter, les places boursières pouvaient toujours s'écrouler, les monnaies s'effondrer, l'astre rouge n'arrêterait pas sa descente. Il venait un moment où il finissait par se fondre dans la ligne d'horizon et la nuit, par tout ensevelir.

OUVRAGE RÉALISÉ
PAR L'ATELIER GRAPHIQUE ACTES SUD.
ACHEVÉ D'IMPRIMER
EN MAI 2017
PAR NORMANDIE ROTO IMPRESSION S.A.S.
61250 LONRAI
SUR PAPIER FABRIQUÉ À PARTIR DE BOIS PROVENANT
DE FORÊTS GÉRÉES DURABLEMENT
POUR LE COMPTE
DES ÉDITIONS ACTES SUD
LE MÉJAN
PLACE NINA-BERBEROVA
13200 ARLES.

DÉPÔT LÉGAL
1re ÉDITION : JUIN 2017

N° impr. : 1701164

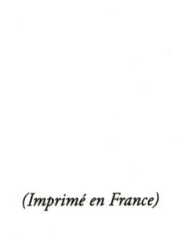

(Imprimé en France)